メディアワークス文庫

薔薇姫と氷皇子の波乱なる結婚2

マサト真希

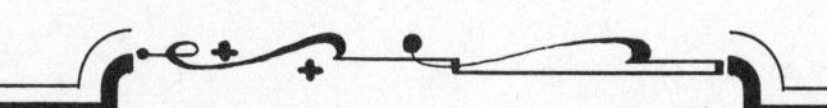

目　次

主な登場人物

アンジェリカ――近年台頭してきた北の強国、ノルグレン王国の庶子姫。スラムで育ち、『薔薇姫』とあだ名される型破りな性格。

エイベル――半ば没落した南の大国、マグナフォート皇国の第一皇子。冷静沈着な性格で『氷皇子』の二つ名を持ち、『母殺し』と噂される。

ティモシー――エイベルの皇子宮付きの騎士。侍従長と侍女長の息子。

メル――アンジェリカ付きの侍女。

ミルドレッド――マグナフォート皇国第一皇女。エイベルの腹違いの姉。

トーバイアス――新聞『日刊マグナフォート』編集長。

クインシー――マグナフォート皇国皇后のお気に入りの美麗な男爵。

ロブ――グラソンベルグ共和国の労働党代表で、革命の主導者。

イリヤ――革命家の青年。アンジェリカのスラム時代の幼なじみ。

第一章　こんな成り行きも楽勝のはず……ですのに⁉

「……沈黙が、貴方を救います」

血まみれの手がエイベルの頬に触れる。白い肌に赤い指の跡がつく。

「生き延びて、どうか……わたしの、エイベル」

母の震える声が天井に跳ね返る。エイベルと母のふたりしかいない部屋に、その声はあまりにも不穏に響いた。

（母さま……！）

エイベルの頬に赤く指の跡を残し、母の手が滑り落ちる。床に倒れた母は苦しげに顔を歪ませて荒い息を繰り返し、エイベルはぼう然とそのさまを見つめた。

屋敷には自分たち以外にだれもいない。助けを呼ぼうにも間に合わない。母を楽にしてやる以外、まだ十三歳だったエイベルにできることはなにもない。

床には血に濡れたナイフが落ちていた。襲撃犯が落としていったものだろうか。

少年エイベルは、わななく手でその凶器を拾い上げる。

そして苦しみに悶える母の胸を目がけ、ナイフを大きく振り上げた。

「……っ！」

はっと息を呑み、エイベルは頭を上げた。

その拍子に机に広げた書類が乱れる。どうやら自室で書類仕事のさなかにうたた寝をしてしまったらしい。耳朶の奥ではいまだ激しい動悸が聞こえている。

息を呑むほどに美しい顔を歪め、エイベルはぐったりと椅子に沈み込んだ。

母の死から六年。それだけ経ったのに、夢のなかでも衝撃的だった。

――母の胸に、ナイフを突き刺すなどという体験は。

あの瞬間の前後の記憶はおぼろげだった。おそらく十三歳の少年にとってはあまりに凄惨なできごとだったからだろう。

むごい夢が残した痛みにエイベルは歯を食いしばる。その耳に、開け放たれた窓からにぎやかな声が飛び込んできた。同時になにかの駆動音も。

「こんなの……楽勝、ですわよ」

「ひ、姫さま、危険です、どうかもうおやめくださ……」

声は裏庭からだ。エイベルは椅子から立ち上がり、窓に歩み寄る。とたん、耳をつんざく甲高いブレーキ音が響いた。

エイベルは肩をすくめてその方角を見やる。

裏庭の大木の手前に〝自動車〟が止まっていた。近年に改良された最新型だ。その運転席でアンジェリカがハンドルを握ってぼう然と座っている。

アンジェリカ——同盟国であるノルグレン王国出身の庶子姫。

エイベルの〝政略結婚〟相手。

北国生まれながら炎の薔薇(ばら)のような赤毛が印象的な彼女はその破天荒さで、嫁いで間もないのに国内外に広く知られている。

スラム出という出自から皇国の庶民にも大人気。皇帝が病に臥(ふ)せっているために正式な挙式はまだだが、すでに王侯貴族らには皇子妃として認知されていた。

「乗りこなすにはまだまだ時間がかかりそうだな」

窓辺からエイベルが冷静に指摘すると、アンジェリカはむっとして振り返る。

「そんなことおっしゃるなら、殿下も運転なさってみればよろしいんですわ」

初夏のまばゆい光に輝くアンジェリカの美しい赤毛に、エイベルは目を細める。

〝母殺し〟として、エイベルはずっとこの皇子宮に自らを閉じ込めてきた。

復讐(ふくしゅう)だけを恃(たの)みに生きてきたエイベルにとって、アンジェリカとの出会いと彼女の輝かしさは、新たな息を吹き込んでくれた。

彼女がいなければ、いまだ自分は囚人に等しい生活を送っていたに違いない。

ふと、エイベルは背後を見やる。

机の上には何枚もの書類が散乱している。どれもが領地に関するものだった。

エイベルの領地。すなわち、未開発のマグナイト鉱山がある土地。

マグナイトは、主に皇国内で採掘される鉱物資源だ。

照明だけではなく、いまアンジェリカが乗っている自動車や、大陸を縦断する列車も、マグナイトを精製して作り出すマグナイトオイルで動く。

年々需要の高まるマグナイトだが、皇国では他国の商人に賄賂を積まれて発掘権を譲り渡したために乱掘が行われ、早くも枯渇の危機に瀕(ひん)する鉱山がある。そして新しい鉱山はなかなか見つからない。

つまりエイベルの所有する手つかずの鉱山を、この国——マグナフォート皇国の吝(りん)嗇(しょく)な皇族や貴族たちは、のどから手が出るほどに欲しがっているわけだ。

(そうやすやすと渡してなるものか)

エイベルは窓枠に置いた手をぐっと握り締めた。

「殿下。わたくしをからかうほどの腕前を、ぜひ披露していただけますこと」

エンジンを再始動したアンジェリカが、ふふんと挑戦的な笑みで声をかける。

エイベルはふっと笑い返し、窓枠に手をかけて身軽に飛び越えた。

「僕の腕前を知りたいなら助手席で見るのはどうだ」

「もちろんそのつもりでございましたわ！」

アンジェリカは勇んで答え、夏のドレスの裾をひるがえして助手席に移る。エイベルはハンドルを切って向きを変えると、冷静な顔でアクセルを踏んだ。

とたん、車は加速する。わっ、と助手席でアンジェリカが歓声を上げる。

「すごい、すごいですわ。このまま郊外にでも行くのはいかがかしら」

「それは無謀だな。まだ公道に出られるほどの腕じゃない」

アンジェリカの賛辞にもエイベルは澄まし顔で返す。

とはいえ、ほんのわずか口調が得意げなのは隠せない。

「壊す危険は冒せない。ミルドレッドから貸与されている試乗車だ」

ミルドレッド皇女――エイベルとは四歳離れた異母姉。

エイベルに比するほどの美貌を誇る彼女は、投資に長け、女性の身でありながら小国の国家予算にも及ぶほどの個人資産をすでに築いているとのうわさ。

この車も、ミルドレッドが投資する新興の商会が開発したものだ。

「でも最近、お部屋にこもって書類仕事ばかり。息抜きといえばご趣味のお掃除」

アンジェリカはいたずらっぽい笑みを浮かべてエイベルを見る。

「郊外でお日様を浴びて、〝氷皇子〟を溶かしてさしあげたく思いますわ」

「……たしかにな。光の下も気持ちがいい」

エイベルも、やわらかな笑みを美しい唇の端によぎらせる。

「だれかが大木をなぎ倒さないよう、みはるのも必要だからな」

「なぎ倒してなどいませんですわよ、ちゃんと手前で停止いたしましたわ！」

にぎやかに語らうふたりを乗せて、車は前庭へと走っていく。

「殿下も姫君も、ずいぶんと楽しそうですねえ」

「楽しそうですけれど、心配で体が持ちません……」

離れた場所から見守る護衛騎士のティモシーは目を輝かせるが、侍女のメルは蒼白だ。一方、屋敷の窓辺では老侍従長と老侍女長がにこやかに庭を眺めている。

「おふたりとも、ミルドレッド皇女殿下から贈られたおもちゃをずいぶんとお気に入りのようですな」

「ご夫婦仲がよくて喜ばしいですわ。とはいえ、下世話な心配とは承知ですが」

侍女長は頰に指を当て、品よく吐息をつく。

「あれではご夫婦というよりも……まるで、気の合うご友人同士ですわ」

「まったくです。いまだにおふたりは寝室も別々ですから」

侍従長と侍女長は、そっと目配せをし合う。

「国民人気も高い第一皇子、そして皇帝陛下は病床。立太子になるのも間近かと」

「お世継ぎを期待する声も高くなるでしょうね。でも、立太子とはいかがかしら」

おや、と白い眉を上げる侍従長に、侍女長は物憂げに眉をひそめる。

「現皇后陛下にはおふたりの皇子殿下がいらっしゃいますもの」

「たしかに。皇国の外交役として評価はしていても、皇后陛下の本音としてはご自分のご子息が玉座についてほしいと願っているはずです」

ふたりは口をつぐみ、開いた窓から庭を見やる。

車は前庭を一周し、再び裏庭へ戻ってきた。今度はアンジェリカが運転だ。

楽しそうにハンドルを握るアンジェリカに、エイベルが渋い顔でなにか文句をつけている。対照的な表情ながら、ふたりは終始言葉を交わし合っていた。

老侍従長と老侍女長は、ほほ笑ましそうに目を細める。

「ずっと見守ってきた身としては、殿下にぜひ玉座についていただきたいですな」

「ええ、きっと困窮する民のことを一番に考えてくださるはずです。ご伴侶がアンジェリカ姫なら、なおさらですわ」

「失礼いたします！」

ほほ笑ましい会話のさなかに無粋な大声が割り込む。

ふたりが振り返ると、最近配属された警備兵が駆け寄ってくる。アンジェリカとエイベルが外交問題を解決したのを機に増やされた、皇子宮勤務の一員だ。

「皇后陛下より、使いが参りました。至急……」

眉をひそめる侍従長と侍女長に向け、警備兵はこわばる顔で告げる。

「内密の会議のため、殿下と姫君に皇宮へ参上せよとのお達しです」

緊急で内密の会議とは、なにか――。

アンジェリカとエイベルは慌ただしく準正装に着替え、皇宮に馬車を急がせた。

「一刻も早く、車で皇宮と行き来できるようになりたいものですわね」

馬車から降りて警備兵と皇宮執事に出迎えられながら、アンジェリカが小声でつぶやく。その隣でエイベルはクールな横顔で答えた。

「ゆっくりでかまわない。僕はまだ死にたくはない」

「死なせないようになってから公道に出ますですわよ。ご心配なく」

アンジェリカは張り合うようにいい返す。

「君の腕はともかく、至急の呼び出しが気になるな」

「わたくしたちを呼び出すからには、外交関連に違いありませんですわ。でも」

アンジェリカは物思わしげに眉をひそめた。

「ミルドレッド皇女殿下からも、日刊マグナフォートの取材でも、皇国が抱える重要な外交問題は聞いていませんけれど」

日刊マグナフォートとは、皇都に社屋をかまえる大衆紙だ。編集長はアンジェリカの祖父の旧知で、アンジェリカ自身も匿名で記事を書いている。

ゴシップ記事ばかりだが、そのゴシップを面白おかしく報じながら、暗に貴族や皇族へ向けた痛烈な批判が、民衆には大人気だ。

「どうぞ、こちらでございます」

皇宮執事の先導で、ふたりは皇宮の二階の客間へと案内される。

意匠を凝らした客間には、すでに数名の皇族らしき中年男性らが在室している。

そして彼らに囲まれて、ミルドレッド皇女がソファに優雅に座っていた。

「おふたりとも、お待ちしていたわ。皇后陛下は間もなくお見えよ」

羽根扇の陰で艶(あで)やかにほほ笑むミルドレッドに、エイベルは冷静に尋ねた。

「今日の会合の主旨は、なんだ」

「皇后陛下をお待ちなさい。先にみなさまをアンジェリカ姫にご紹介するわ」

居並ぶものはみな皇族ばかりだった。ミルドレッドの紹介にも彼らは尊大な態度でうなずくだけで、アンジェリカはむっとしつつもドレスの裾を持ち、礼を返す。

「そして、こちらがクインシー男爵」

最後にミルドレッドは、部屋の隅に立つ金の巻き毛の青年へと扇を向ける。

「お若いけれど幼いころからお父上と大陸中を漫遊されて、広い見識をお持ちと評判よ。皇后陛下の覚えもたいそうめでたいの」

男爵。皇族ばかりが集うこの場ではひとり貴族で、なおかつ身分が低い。しかし見識があり皇后に気に入られているなら、ただの青年ではないはずだ。

「お会いできて光栄です、アンジェリカ妃殿下」

クインシー男爵は、うやうやしげにアンジェリカにお辞儀する。

「こちらこそ、よろしくお願いいたしますですわ、クインシー男爵閣下。ですが、妃殿下ではございませんですの」

「失礼、挙式はまだでしたね。皇帝陛下のご快癒を深く祈るしだいです」

男爵はアンジェリカの手を取り、ほほ笑みの唇で軽くリップ音を立てる。とたん、それまで冷静な顔だったエイベルがむっと眉をひそめた。

「姫君のおうわさはかねがね。ノルグレン行き列車でのご活躍は驚きでした。まさか、こんなお美しい方が単身で何十人もの暴漢を制圧するとは」

「ゴシップ紙が面白おかしく書き立てただけですわ」

男爵のお世辞にアンジェリカはしれじれと返す。その記事を書いたのが目の前の〝お美しい方〟だとは、さすがにこの世慣れた態度の青年でも気づかないだろう。

「エイベル殿下も初めまして。殿下とはお話ししたいことが多くございます」

「……よろしく」

にこやかな男爵とはうらはらに、エイベルは限りなくそっけない。クインシー男爵は笑みを絶やさず、気さくな口調で話をつづける。

「実は昨年、懇意の商人たちと鉱業に特化した商会を立ち上げましてね。殿下が所有されるマグナイト鉱山につきまして、ぜひ、当商会に調査を……いえ」

エイベルが不快そうに眉を寄せたので、男爵はあわてて打ち消した。

「出会ったばかりでご無礼を。むろん、殿下のご意志が第一です。しかしながら、これは皇国の利益にもなる話で……」

「初対面から無遠慮な発言をする人間は信用しない」

エイベルがますます態度を硬化させると、ミルドレッドが口を挟む。

「クインシー、勇み足よ。エイベルといい、殿方は性急が過ぎるわね」

男爵は肩をすくめ、胸に手を当てて会釈した。

「試乗車の乗り心地はいかが、アンジェリカ姫？」

場の空気を変えようとしてか、ミルドレッドが話を振った。

「素晴らしいですわ！　興味深い乗り物をご貸与くださって感謝しておりますの。試乗の報告書は近日中にお送りいたしますわね」

「それはよかったわ。皇国の殿方は新奇な製品に懐疑的な方が多くて」

ミルドレッドはちらりと年配の男性たちに麗しい流し目を送る。

この場を仕切るのが年若い彼女だというのは面白い光景だった。

女性に皇位継承権のないこの国で、彼女は単なる一皇女。しかし、母方は皇族の血を引く大公爵家。さらに投資で増やした金を、奢侈（しゃし）にふけり困窮した王侯貴族らに貸し付けているといううわさ。

みながいまひとつ彼女に強く出られないのもそれらが理由だろう。

「皇后陛下のお越しにございます」

執事長の声に一同は立ち上がる。みなが一礼して出迎えるなか、若い美青年の侍従に手を取られてヘロイーズ皇后が入室してくる。

皇后がソファに腰を下ろすと、一同も着席した。

「みなのもの、ご苦労。ここへ集ってもらったのは内々の相談のためです」

「貴族どもに知られたくない話というわけですかな」

年配の皇族のひとりが警戒気味に尋ねる。ヘロイーズ皇后は品よく眉をひそめるが、小さくうなずいた。

ミルドレッドがちらとアンジェリカに目をやり、羽根扇の陰でくすりと笑う。ほら、殿方は性急でしょう？　といいたげに。

「我が同盟国であるノルグレン王国よりさらに北、グラソンベルグ王国での〝革命〟については、すでにみなさまも聞き及んでいることと思います」

はっとその場のみなは身を固くした。ただひとり、クインシー男爵をのぞいて。

「革命政府はグラソンベルグ共和国と称し、かねてよりの同盟国であった我が国に正式な国家としての承認と援助を求めています。見返りとして……」

ちらり、と皇后は男爵の涼やかで美しい顔を見やる。

「共和国内のマグナイト鉱山の開発をクインシー男爵の鉱山商会に任せ、その利益を――皇国と共和国とに還元することを約束しています」

場がざわついた。

皇族の男性たちはそれぞれ顔を見合わせる。アンジェリカもエイベルと目を見交わした。彼のまなざしには先行きを警戒する色が浮かんでいる。

クインシー男爵はもとより、ミルドレッドもあらかじめ知っていたのか、特に態度は変わらず澄ました顔で悠然としている。

「乱開発により、早くも枯渇しかける鉱山が皇国内にはいくつも存在します」

落ち着かない場をなだめるような皇后の声が響く。

鉱山の枯渇。アンジェリカがそっと隣に目をやると、エイベルは美しいおとがいをこわばらせ、口を引き結んでいた。

〝……殿下が所有されるマグナイト鉱山につきまして〟

クインシー男爵の、やわらかだがおもねる声を思い返す。

「考えのないものどもが国外の鉱山商会に任せたため、利益は取られるばかりで皇国にはごくわずかしか還元しない。由々しき事態です」

「王侯貴族のみなさまは、国の利益よりもご自分の資産が大事ですものね」

皇后の言葉に、ミルドレッド皇女が麗しい笑みで皮肉をつぶやく。

そこへ、ずっと口を結んでいたエイベルが指摘した。

「要するに、そのグラソンベルグとの外交役として僕らを呼び出したのか」

「そのとおり。我が国の貴族とノルグレンの豪族が組んだ陰謀を、あなた方が未然に防いだ力量を見込んでの任命です。けれど、もうひとつ理由があります」

皇后が、痩せてしわのよる口元に含む笑みをよぎらせた。

「グラソンベルグの革命を成功に導いた人物がいます。その人物はクインシー男爵の知己であり、かつ……アンジェリカ姫の知己でもあるとか」

「なんですって」

思わず礼儀も忘れ、アンジェリカは腰を上げた。まさか――祖父？

祖父は、かつてノルグレン王家お抱えの政治学者だったが、アンジェリカの異母姉である現女王・オリガからの検閲を逃れ、国外へ逃亡しているのだ。

しかし、そんなアンジェリカの期待を皇后の声が打ち破る。

「その重要人物の名は、イリヤ。男爵いわく、ノルグレン王国のスラム出身だとか。アンジェリカ姫、彼に覚えはありますか」

はっとアンジェリカは顔を上げる。

イリヤ。その名を耳にしたとたん――。

〝……ジェリと俺らは違う〟

ひとつの声がよみがえり、アンジェリカの耳朶を激しく打ちたたいた。

◆

「また汽車に乗るとは、思いもよりませんでしたよ！」

騎士ティモシーのはつらつとした声が、駅のホームに響く。

ここはグラソンベルグ共和国の首都駅だ。皇国の中央駅と比べると派手さはないが、新築らしく鋼鉄製の柱や天井は輝いている。

「無事に到着できて拍子抜けですね。まあ、二度も三度も襲撃なんてあったらたまりませんが……って、姫君？　どうしたんです」

ティモシーは心配そうに羽根飾り付き帽子の下で打ち沈むアンジェリカに尋ねる。

「⁉　え、そ、そうですわね。五日もかかるとは長い旅路でございましたわ」

はっとアンジェリカは顔を上げるが、ティモシーは腕組みをして首をかしげる。

「いったい、どうなさったんです。アンジェリカ姫がそこまで無口だなんて」

「あら、わたくしがそんなに騒がしいっておっしゃりたいんでございますの。殿下のような皮肉を騎士さまが口にされるなんて」

「ティモシーのいうとおりだ」

わざとふざけた口調でいうと、隣に立つエイベルが指摘する。

「旅のあいだ、君はいつになく静かだった。いや、その前からずっと」

「……そんな、ことは」

「君の心情に無遠慮に立ち入りたくはない。だからここまで訊かずにきた。だが、もしなにか懸念があって、それが話せることなら……」

冷静だが遠慮がちな口調から、こちらを案じているのが伝わってくる。しかも道中いくらでも時間があったのに、ホームに降りてから尋ねる不器用さ。

ぎこちなくも優しい言葉を嚙みしめつつ、アンジェリカは上手く答えられない。

〝その重要人物の名は、イリヤ。……彼に覚えはありますか〟

うつむくアンジェリカの耳の奥に、皇后の声が響く。

イリヤ――ある。もちろん、覚えがある。

アンジェリカの子ども時代の幼なじみ。救おうとして救えなかった少年。

その彼の名が、〝イリヤ〟だった。

覚えがあるかと問われたとき、アンジェリカはとっさに口をつぐんでしまった。彼との別離からすでに十年以上。だから同一人物か確証はない。

だが答えられなかったのは、不確かだという以上に、幼い日々に受けた罪悪感の痛みを思いだしてしまったからだ。

聡(さと)いエイベルはアンジェリカの態度から何事か察したらしく、深くは問いただしてこなかった。そして、それ以来会話らしい会話もできていない。

(……うぅん、わたしが顔を合わせないようにしていたんだ)

もし正面からエイベルに問われていたなら、きっとアンジェリカは〝イリヤ〟との過去を話していたかもしれない。だが、打ち明けるには罪悪感が邪魔をした。これまでティモシーにいわれるまでもなく、自分らしくないことはわかっている。これまでの不遇の日々を耐えて生き延びてこられたのも、アンジェリカが不屈で、まっすぐな性格だからこそだ。

エイベルに打ち明けたい。いや、きちんと打ち明けるべきだ。

――〝イリヤ〟との過去を。

(でも、まずは彼に会って本人かどうか確かめてからだわ)

「ごめんなさい、殿下。あとできっとお話を……」

「殿下。クインシー男爵がグラソンベルグよりの迎えとともに参っております」

アンジェリカが口を開きかけたとき、護衛兵の隊長がうやうやしく割り込む。

エイベルは目顔でアンジェリカを抑え、ホームの向こうに顔を向ける。アンジェリカもその隣に立ち、さりげなく帽子を直して顔を引き締めた。

　ざっ、と護衛兵が両側に分かれて道を開ける。一団の先頭に立つクインシー男爵のにこやかな笑顔がまず目に入る。その背後に、べつの人物の影が見えた。

　とたん、アンジェリカは凍りつく。

　紅い瞳を大きく見開き、震える唇で声にならない言葉を無意識につぶやいた。

　うそ。まさか、どうして。

　まさか、こんなに早く顔を合わせてしまうなんて……！

「……ジェリ」

　呼びかけるその声は大きくはなかった。

　しかし、アンジェリカの耳には確実に届いた。

　反応できずに凍りつく間にその人物が目の前に歩み出る。

　浅黒い肌に黒い髪、たくましい肩と胸板を持つ、野性的な魅力にあふれた青年がまっすぐに進み出て、傷だらけの大きな手を差し出した。

「待ちきれずに迎えにきた。ジェリ、ずっと、君に会いたかった」

　アンジェリカは動けない。紅い瞳を見開き、ぼう然と相手を見返すしかできない。

　自分の隣で、エイベルが唇を引き結んで目をそらすのにも気づかずに。

第二章　殿下、わたくしがなにかいたしましたの？

テーブルのうえで、温かな薔薇茶が冷めていく。

手をつけることもできず、アンジェリカはカップを見つめていた。

ここはグラソンベルグ政府庁舎の応接間。隣にはエイベルが冷たく固い顔で座っている。彼の前にある薔薇茶も手つかずだ。

もとは劇場だったというこの庁舎は、高い天井と見事な彫刻の柱が並ぶ壮麗な建物だ。マグナフォートのきらびやかな宮殿とはまた趣の違う美しさである。

しかし、いまのアンジェリカはその造形美を愛でる心境にもなれない。

「政府代表はまもなくお見えです。そう固くならず、親しみやすいお方ですから」

にこやかに語る男爵に、アンジェリカはぎこちない笑みを返す。

イリヤの姿はなかった。アンジェリカとエイベルを庁舎に案内したあと、グラソンベルグの代表を迎えに離席していたのだ。

ふいうちの再会からの動揺はまだ治まっていなかった。いつ戻ってきて顔を合わせてしまうのかと思うと、いっそう心は休まらない。

（駄目。ここにきた目的を忘れないようにしなければ）

「え、ええと、劇場が庁舎とは面白く思いますわ。ですわよね、殿下」

必死に気持ちを切り替え、アンジェリカはエイベルに話しかける。しかし彼はアンジェリカに答えるのでなく、冷徹なまなざしを男爵に向けた。

「以前、グラソンベルグの議会場は王宮にあったと聞いている。庁舎も王宮の敷地内にあったと。なのに、なぜわざわざ劇場を庁舎に？」

「それは……」

「王宮が、民衆の血肉で汚れたからだよ」

ぎょっとしてアンジェリカは顔を上げる。

応接間の扉が大きく開き、〝彼〟──イリヤが入室してきたのだ。

まるでタイミングを計っていたようなドラマチックな登場だった。

イリヤは、意欲に燃える火のようなまなざしをしていた。くしゃくしゃの黒髪にゆるく結んだクラバット、よれよれのジャケットは、瀟洒な礼服姿のエイベルやクインシー男爵とは違い、いかにも〝平民の革命家〟といった風情だった。

背後には年かさの男性たちを従えている。イリヤよりいくぶん飾った服装で恰幅がよく、落ち着きもあった。これが代表たちなのだろう。

「王侯貴族との激しい戦いのせいだ。それで無事だった劇場を庁舎に定めた」

イリヤの張りのある声がアンジェリカの鼓膜を震わせる。

目を合わせるのも怖かったのに、なぜか彼から目が離せない。

アンジェリカとイリヤは、ともにノルグレン王国のスラム育ち。

貧しく荒れた暮らしのなかでも、幼いときは兄妹のように仲良く遊んだものだ。

けれど十歳を超えるころになると、イリヤは貧しさのために仲間をつれて盗みを繰り返すようになった。それを必死に止めようとしたアンジェリカを殴りつけるように振り払って、彼はこう怒鳴ったのだ。

〝同じごみ溜めに住んでるくせに、自分だけ偉そうな顔しやがって……！〟

記憶のなかの声が、いまだ痛々しい響きをもってアンジェリカを打ち据える。

あのとき憎しみに満ちた暗い目でにらんでいた痩せぎすの少年はいま、たくましい体に野性的な魅力をまとって目の前にいる。

罪悪感と懐かしさが交差して、アンジェリカは上手く声が出せない。代わりのようにエイベルが冷ややかな声で尋ねた。

「君が主導した〝革命〟で、どれだけ血が流れたんだ」

「いま訊くことではないでしょう。のちほど、ぼくからお話を」

クインシー男爵が取りなすが、それをイリヤが手を伸ばして制する。

「膨大だったな。王侯貴族どもは処刑できたが失われた民の命は取り戻せない」

「数の話などしていない。いまのは修辞的質問だ」

室内に火花が散る。

冷え冷えとしたエイベルのまなざしと、イリヤの燃えるような強い瞳。どちらも一歩も引かないとにらみあう。

「あ、あの、代表の方々とごあいさつさせていただけませんですかしら」

いたたまれずにアンジェリカは口を挟む。イリヤは小さく息をつき、エイベルからは目を離さずそれでもおだやかな声音でいった。

「失礼した。紹介しよう、こちらが労働党の代表のロブ。革命の主導者だ」

「私がロブです。エイベル殿下、アンジェリカ姫。おふたりにお会いできるのを心待ちにしていました」

ロブ代表はまなじりにしわを刻み、柔和な笑みで手を差し出す。

血生臭い革命を主導したとは思えない温和な相手に、アンジェリカも肩の力を抜いて一礼する。さすがにエイベルも冷たい表情をやわらげてその手を握った。

「苦労しているようだな、ジェリ」

ふいにイリヤがアンジェリカに話を振った。

「苦労なんて、なにを……」

「隠さなくていい。君の〝夫〟は難物そうだ。さすが氷皇子といったところか」

夫——の言葉を口にしたとき、イリヤはふっと唇の端に笑みを載せる。

皮肉のにじむ、でも、どこか一抹の寂しさがうかがえる笑み。

その笑みには幼いころの彼の面影があって、ふとアンジェリカの胸に懐かしさの痛みがよぎる。後悔の苦悩と同じくらい、強くうずく痛みだ。

あわててアンジェリカは目をそらし、ぎゅ、と胸に当てた手を握り締める。

(こんな痛み、思い出したくない。でも公務のあいだはずっと彼がそばに……)

千々に乱れる心はなだめようがなくて、アンジェリカは奥歯を食いしばる。その様子を見てエイベルが苦しげに目をそむけるのにも気づかずに。

◆

紹介からのささやかな茶会、宿泊施設への案内のあと、アンジェリカたちはグラソンベルグ共和国の都の視察へとおもむいた。

案内役はクインシー男爵とロブ代表、そして、イリヤ。

一行は開放型で屋根のない馬車で街に繰り出した。エイベルはロブ代表と同乗、アンジェリカはクインシー男爵とイリヤの三人と、二台に分かれている。

イリヤに隣に座られて、どうにもアンジェリカは落ち着かない。

「グラソンベルグ共和国は文化の豊かな国だ。むろん、何千年もの歴史を誇るマグナフォート皇国が培ってきたそれには敵わないが」

そんなアンジェリカに、イリヤは張りのある声で語る。

「たしかにその……美しい建物が多いんでございますですわね」

馬車からアンジェリカは街を見回す。

この国は、アンジェリカが生まれ育ったノルグレン王国のさらに北方。しかし野蛮とそしられるノルグレンとは違い、海沿いで交易が盛んだったために他国との交流が盛んで、文化は著しく発展している。

庁舎だという劇場を始め、歴史ある建造物はどれも見応えがあった。

マグナフォート皇国の洗練された華やかな絢爛さとはまた違う、重厚で壮麗なデザインに、アンジェリカはすっかり目を奪われる。

「ジェリ。君には、この国の豊かさに触れてほしい」

街に見惚れるアンジェリカに、イリヤは熱のある声で語る。

「革命を経て人民の手に豊かな文化が渡ったさまを、この滞在で見てほしいんだ」

アンジェリカは目を移す。イリヤは情熱的なまなざしで見返してくる。

こんなふうに語るひとだっただろうか。幼いころの無邪気さと、そのあとの荒んだ姿しか知らない自分にとって、まったくの別人に見えた。

触れれば火傷をするような瞳に、アンジェリカは戸惑いと動揺が隠せない。

「あ、あの建物はなんでございますかしら」

動揺を隠そうと、アンジェリカはあらぬ方角を指し示す。

向かいに座るクインシー男爵が、物柔らかな声で答えた。

「あちらは美術館で、そちらが大修道院。もう少し行くと大学があります。大陸で初めて学寮を備えた学問の聖地といわれていますよ」

「知ってる！　わたしのお祖父ちゃんのラザラスは初代の首席だったの……」

はっとアンジェリカは口を押さえる。夢中になり過ぎて言葉遣いが素に戻ってしまっていた。ふいにイリヤが、ははは、と高笑いをした。

「無理して澄ました言葉遣いをするからだ」

「な、いいえ、いまのは、ちが……っ！」

「無理しなくても、俺の前では昔のようなしゃべり方をしろよ」

イリヤの気安い口調に、アンジェリカは恥ずかしさで真っ赤になる。

「か、からかわないで、くださいますこと。第一わたくしたちは初対面で」

「初対面じゃない。酷いな、まさか俺のこと……忘れちゃったのか？」

イリヤはぐいと身を乗りだし、アンジェリカをのぞき込む。ひょえ、と真っ赤なまま身をすくめると、あはは、と彼は笑い声を上げた。

そうやって笑うと、闘士のような熱意にあふれた青年の顔に、無邪気な子どもっぽさがのぞく。思い出のなかにある幼なじみの姿がそこにある。

アンジェリカの胸がまた強くうずく。

この痛みが罪悪感のせいか、それとも懐かしさのせいか、アンジェリカにはわからなかった。こんな落ち着かない気持ちで自分らしさを失うのも初めてだった。

――エイベルに対するときは、もっと〝自分自身〟でいられるのに。

前を行く、もう一台の四人乗りの馬車を見やる。

ロブ代表と並んで座るエイベルの輝く銀髪が見えた。その前には護衛としてティモシーが座り、アンジェリカの目線に気づいてくったくない笑みで片手を挙げる。

だがロブ代表と会話するエイベルは、後方のアンジェリカに一瞥すら返さない。

〝僕の腕前を知りたいなら隣で見るのはどうだ……〟

皇子宮の庭で車の練習をしたときのことが思い返される。

ふだん公の場では、彼は固く冷たい表情で、美貌が冷ややかさに拍車をかけて近寄りがたい。だがあのときは、澄ました口調ながら楽しそうだった。

心をゆるしてリラックスできる相手に見せる笑みだった。

アンジェリカはうつむく。その胸に寂しさが迫る。

どうにかして以前のように、エイベルと同志のように楽しく、心はずませて語り合えるようになりたい。

そのためには、イリヤに自分の力が及ばなかったことを謝って、再会で揺れる心を収めなくては。この動揺もただ、昔の罪悪感のせいなのだと納得するためにも。

「グラソンベルグ共和国、万歳!」

民衆の歓声が、物々しい護衛に挟まれて道を行く二台の馬車を包む。

「共和国に永久の祝福を!」「ロブ代表、革命家イリヤに栄光を!」

沿道の群衆に馬車からロブ代表が手を上げて応え、イリヤもこぶしを振り上げた。

熱狂的な歓呼がまた上がる。革命政権は民衆から大きな支持を得ているらしい。

「すごいね、イリヤ。まるで英雄だ」

アンジェリカは素直な感嘆の言葉をつぶやく。

「スラムでみんなで遊んでいた時代がうそみたいに立派になったね」

「おまえこそ、スラムで泥んこだった娘がいまじゃ皇国の皇子の伴侶とはな」

「泥んこで悪かったわね。どうせいまも変わりがないとか……」

「そんなことはない」

きっぱりと、イリヤは熱を込めた声で答える。

「泥だらけでもおまえは綺麗だった。王家の血を引いてるってだけじゃなくて」

イリヤがずいと乗りだして身を寄せる。急に顔が近くなり、アンジェリカはどきりとして身を固くした。

野性的な魅力に輝く黒い瞳が、アンジェリカを正面から捉える。ひとびとの歓声のなかでも響く熱を帯びたささやきが、こわばる耳に触れた。

「俺のなかでおまえはずっと姫君だった。……あのころも、いまでも」

◆

視察後の夕食会は、大学の講堂で開かれた。

エイベルはロブ代表の隣の席で、場を見渡す。

現政府の重鎮だけでなく、優秀な学生や大学で教鞭(きょうべん)を取る教授たちも席についていた。講堂に満ちるひとびとの熱狂を、エイベルはいやでも感じ取る。

「我が国は、やっと国民に主権が渡ったばかりです」

エイベルに向かってロブ代表が熱弁をふるう。

「国民を抑圧していた王侯貴族を排除したいま、国土の回復と開発を推し進めなければなりません。ぜひ、皇国のお力をお借りしたい」

「エイベル殿下、その、我が国についていかがお考えですか」「産業化よりも先に法整備をもっと進めるべきではと」「あの、皇国ではどう産業振興を……」

近くに座る政府重鎮たちが遠慮がちに話しかけてくる。目をみはるように美しいエイベルに、だれもが気後れしているようだ。同時に、離れた場で立食している若い女学生らは、うっとりとした目で見つめてくる。

ふ、とエイベルは小さく吐息をつき、ちらとテーブルの向こう側を見やった。

アンジェリカがイリヤと並び、熱意にあふれた学生たちや教授に囲まれながら、親しげな様子で談話している。

もやもやとした気持ちに襲われてエイベルは目をそむけた。

（べつに、彼女がだれとなにを話そうがかまわないだろう）

……自分たちは、政略結婚の関係にすぎないのだから。

そう思うのに、どうにも歯嚙みしたくなる気持ちは抑えられない。

怖いもの見たさのように、エイベルはちらとまた目をやる。

イリヤの積極的な話しかけに、アンジェリカは遠慮がちに笑っている。

明らかにいつも快活な彼女らしくない。懐かしい幼なじみを前にした態度とも思えない。もしや、イリヤになにか引け目でもあるのだろうか。

それにしたって、イリヤは距離が近すぎた。

（本当に馴れ馴れしい男だ。政略結婚とはいえ、仮にもひとの伴侶だぞ）

いましもテーブルに置いたアンジェリカの指先にイリヤの指先が触れそうで、ぎりぎりとエイベルは無意識に歯を食いしばる。

（貴様、それ以上彼女に近寄るな、触れるなっ）

エイベルは渾身の力でにらみつけるが、どれだけ念を送っても、イリヤはまったく気にしていない。ひとりでやきもきするのが滑稽になってくる。

……たしかに、イリヤは魅力的で頼もしそうな大人の男だ。野性的な浅黒い顔も、よく響く声も、ひとを魅了するに長けている。おまけに幼なじみという有利。

まだ十九歳で、政略結婚という関係でしかなくて、半年前かそこらに出会ったばかりの自分に、敵う要素などあるのだろうか。

せいぜい、皇子という身分？　いや、アンジェリカは身分なんて気にするひとではない。初対面からエイベル相手に愛想の欠片もなかったのだから。

それなら剣技か？　知識か？　掃除ならだれにも負けないが……!?

などと悶々としていると、ロブ代表が不審そうに声をかけてきた。

「あの、殿下。いかがなさいました」

「あ、ああ、すまない」

あわててエイベルは我に返り、咳払いをして取りつくろう。

「貴殿らの国を想う意志は、よく理解する。だが皇国の惨状を見れば、安易に他国に鉱山の採掘権をゆずるべきではない」

「たしかに、殿下の正直なお言葉どおりですね。とはいえ」

クインシー男爵が苦笑いしつつ口を出す。

「この同盟が成立すれば、両国はお互いによって大いに発展いたしますよ」

男爵はどうにかこの同盟をつつがなくまとめたいらしい。それもそうだ、上手く運べば、男爵の商社も莫大な利益を得るのだから。

そのとき、アンジェリカらが座る席でわっと興奮の声が上がった。

エイベルらが顔を向けるとイリヤが杯を手に立ち上がる。

「ロブ代表、アンジェリカ姫に講義をご視察いただくのはどうだろう」

イリヤの言葉に驚きで場がざわめく。

「アンジェリカ姫の祖父君、ラザラスどのはこの大学初代の首席ですから」

「そうだったな。留学生が初代首席なんてと、いまだ教授陣は悔しそうだ」

ロブ代表の返答に教授陣が苦笑いをもらし、学生らはどっと沸いた。

「祖父君はノルグレン王国でもたいそうご活躍だったそうですな、姫」

「その活躍ぶりでも、祖父は王宮より追放されたんでございますのよ」

ロブ代表へ正直に返答するアンジェリカに、場のみなはぎょっと息を呑んだ。だが、かまわず彼女は話しつづける。

「祖父はずっと、ノルグレンにも大学を作りたいと申しておりました。革命の炎をくぐり抜けた皆さまの熱意を見るに、その熱望が痛いほど理解できますですわ」

アンジェリカの言葉に、若き学生らは胸を打たれたような顔になる。

「いかがだろう、ロブ代表。姫の講義ご視察をおゆるしくださるだろうか」

「ぜひ、アンジェリカ姫！」「お願いしますよ、ロブ代表！」

ロブ代表は苦笑いをしてエイベルをうかがいつつ答える。

「私は大歓迎だが、当初の予定にはなかったことだ。両殿下のご意向次第だよ」

「ならばエイベル殿下、ぜひにご一考を。ジェリ、どうかな」

――〝ジェリ〟。

いらっ、としてエイベルはこめかみに血管を浮かせた。

エイベルも呼んだことのない気安い呼び名を、この男はこんなにもたやすく口にする。しかもこういう公の外交の場で、親密さをことさら見せつけるように。

アンジェリカの周囲では学生や教授らが目を輝かせて返事を待っている。彼女は困ったように目を伏せていた。

ぐ、とエイベルは唇を噛みしめる。突っぱねてもいい。だが……。

「……彼女個人への依頼だ。僕の許可など必要ない」

目をそむけ、ことさらにそっけなくエイベルは答えた。

突っぱねれば、この場の空気を悪くする。嫉妬で断ったと取られるのもみっともない。とはいえ、それを見透かしているだろうイリヤには腹立ちがつのった。

「ご夫君はああいっているが、ジェリ。受けてくれたら、俺は……嬉(うれ)しい」

イリヤのよく通る声が場に響く。

彼の熱いまなざしを受け、アンジェリカは困り顔でちらとこちらを見やるが、エイベルはふいと目をそむけた。

そんな自分にもエイベルは腹が立った。まったく、これではただの子どもだ。

「……そうですわね、公務の時間がゆるすなら、おうかがいいたしますわ」

ためらいがちなアンジェリカの返事に、わっと学生らは沸いた。

「それではグラソンベルグ共和国とマグナフォート皇国との永久の友情を祝して」

イリヤが杯を高く掲げてみなに呼びかける。

「乾杯」「乾杯！」「乾杯！」「グラソンベルグと皇国に栄光あれ！」

喜びに満ちた顔でみなは唱和する。

「マグナイト鉱山の開発が進めば、広く国民の手に富が渡る。豊かな文化を抱えたグラソンベルグが富を得れば、大陸で一番の国ともなるはずだ」

その言葉に若者たちは歓声を上げ、手を振り上げる。政府の指導者はロブ代表かもしれないが、崇拝されているのはどう見てもイリヤのほうだ。

そしてこの場の中心人物も、貴賓であるエイベルたちではなく、彼。

居心地の悪さを抱えながら、エイベルは最後までアンジェリカと目を合わせるのを避けて会食を終えた。

◆

紗（しゃ）のカーテンを透かし、アンジェリカの横顔に朝陽（あさひ）が射（さ）し込（こ）む。

「ん……もう、朝……？」

まぶしさにアンジェリカは毛布を引き上げる。

皇国からの一行に提供された宿舎は、元富裕商人の屋敷だった。

革命後、革命政府に没収された富裕層の財産のひとつらしい。

屋敷の内装は瀟洒で清潔、アンジェリカにあてがわれた二階の寝室のベッドもふかふかだ。ふだんなら長旅と公務の疲れで、ぐっすり寝られただろう。

けれど、昨夜はどうにも寝付けなくて、結局疲れもよく取れていない。

（エイベル殿下は……ちゃんと眠れたかな）

寝返りを打ち、枕に顔を沈めてエイベルに想いを馳（は）せる。

夕食会以降もずっと、会話がなかった。あきらかに彼には避けられている。

どうして、と思うだけで寂しさが押し寄せる。悶々としながら薄暗い毛布のなかで反転を繰り返していると、ゆるやかな眠気が戻ってくる。

「だめ、だめ！　今日は公務のあとに大学の講義を視察なんだから」

アンジェリカが跳ね起きたとき、まるで見計らったように扉にノックの音が響く。

「お目覚めでございますか、アンジェリカさま。エイベル殿下がお見えです」

グラソンベルグ政府が屋敷に配属した侍女の声だ。

アンジェリカはぱっと顔を輝かせる。さっきまで毛布のなかで抱えていた寂しさと眠気が一気にかき消えた。

「もちろんでございますですわ。お待ちくださいませ、いままいりますわ！」

「いえ、ご伝言をお預かりいたしました」

ベッドから飛び出し、勇んで寝室から出ようとしたとき、侍女はいった。

「今日の講義には殿下はご同行されない、別行動だとのことです」

は？　とアンジェリカは眉をひそめる。

「どうして？　公務のあとに一緒に大学へ向かう予定だったのに」

「公務は殿下おひとりで行かれるので、存分に大学をご堪能(たんのう)なさるようにと」

アンジェリカは絶句した。目の前の扉を凝視し、震える手を握りしめる。

突如、アンジェリカは寝室の扉をあけ放って外に飛びだした。

「!?　姫君、お、お待ちください！」

侍女の制止を振り切って、寝起きの乱れ髪と寝間着で廊下に飛びだすと、いましも立ち去ろうとするエイベルの礼服の背中が見えた。

「なっ⁉　き、君は、その格好は」

エイベルは振り返り、アンジェリカの寝間着姿に驚いて青い目を剝く。

「どうして、エイベル殿下。どうして一緒に行ってくれないの？」

顔を真っ赤にして目をそむけるエイベルにアンジェリカは迫る。ふだんの丁寧な言葉遣いも忘れ、素の口調ですがるように尋ねる。

「この公務のあいだ、ずっと殿下はわたしを避けてる。どうして？　わたし、なにかした？　教えて……！」

「避けていたのは君もだろう」

はっとアンジェリカは身をこわばらせる。エイベルは固い口調でいった。

「君と話すことは、いまはなにもない」

といってエイベルは礼服の上着を脱ぐとアンジェリカに押しつけて背をひるがえし、足早に歩きだす。たちまちその背中は廊下の向こうの階段に消えていく。

寝間着の胸に上着を抱いて、アンジェリカはなすすべもなく、階段を降りていくエイベルの足音を聞いていた。

第三章　わたくしは、殿下と約束したのですわ

「……殿下、エイベル殿下！」

ティモシーに呼ばれ、はっとエイベルは我に返る。

ふたりがいるのは、劇場を改造した庁舎の客間。午前中の政府の主要な人物たちとの会談をこなし、いまは昼食を終えてお茶の時間だった。

目の前の薔薇茶は冷めていた。エイベルはカップを持ち上げ、形ばかり口をつける。

ティモシーはお茶をお代わりし、ついでに焼き菓子のお代わりまでしている。

「どうされたんですか。今朝から様子がおかしいですよ」

エイベルに忠実な騎士は、焼き菓子の欠片を口の端につけながらも、案じるようにいった。ふ、とエイベルは小さく吐息をつく。

〝どうして一緒に行ってくれないの……〟

寝起きの寝間着姿で、彼女はエイベルを追いかけてきた。置いていかれた子どものようだった。赤い髪が乱れ、白い頬に散っていた。

突き放すように彼女のもとを去ったことを思い返すと、胸のうちが沈む。

「午後はクインシー男爵の商会へ視察ですね」

打ち沈むエイベルの耳に、呑気なティモシーの言葉が聞こえた。

「若いのにやり手だなあ、男爵は。まだ二十代半ばで鉱業商会の代表だなんて」

「……皇后のお気に入りなのはたしかだ」

エイベルは冷たくなったお茶を飲むのをあきらめ、カップを置いた。

「父親は船団を所有し、各国と取引を行って、一代で富を築いた商人だったと聞いた。爵位を金で買い、それを息子の彼が受け継いだそうだ」

「ふうん、だからグラソンベルグやイリヤさんにも伝手があったわけですね」

ティモシーは焼き菓子をたいらげ、さりげなくエイベルが押しやるカップの薔薇茶まで飲み干すと、ちらりと目を向ける。

「殿下。やっぱりいまからでも、アンジェリカ姫のいる大学に行かれては」

「馬鹿をいうな。商会の視察は今回の公務でも最重要事項だ」

「うーん、でも商会の本店は皇国にあるじゃないですか」

それまでの健啖ぶりがうそのように礼儀正しくナプキンで口を拭き、ティモシーはいった。侍女長仕込みのマナーのようだ。

「ここでの視察は手短に切り上げて、詳細を詰めるのは本店でいいのでは？」

「……どうして、そこまで彼女との同行にこだわる」

「どうしてって、殿下。おれは心配してるんです」

ナプキンをきちんと畳み、ティモシーはまっすぐにエイベルを見る。

「ここ最近、姫と会話どころか目を合わせようともしてないですよね。ご一緒に車の練習をしてるときは、あんなに楽しそうだったのに。〝氷皇子〟なんてあだ名は返上したほうがいいくらいでした。それなのに」

むっつりと黙り込むエイベルを、ティモシーは困った顔でのぞき込む。

「今日は朝食も昼食も、ぜんぜん食べてないし、元気もない。おれが見るかぎり、姫との会話がなくなった辺りからですよ」

「僕がおまえのように元気はつらつだったことがあるか」

「そういう皮肉も、なーんかキレがないんですよね。アンジェリカ姫も沈んだ様子だと侍女のメル殿が心配してました。旅先では姫の様子に注意してほしいって」

ぐぐ、とエイベルは奥歯を噛みしめる。

〝ずっと殿下はわたしを避けてる……わたし、なにかした？〟

髪を乱して必死なアンジェリカの姿を思い出すと、また胸に痛みが走る。エイベルはテーブルに置いた手を握り締めた。

だが、あの男――イリヤと一緒の彼女の前に出ていくのは気が進まなかった。

もしもまた、イリヤが彼女に迫るような様子を見せたなら、きっとエイベルは苛立ちを隠せない。強引にふたりに割り込むようなみっともない真似をしそうだ。

（ああ、まったくこんな気持ちは生まれて初めてだ）

エイベルは、美しく整えた銀の髪をぐしゃぐしゃにしたくなる衝動にかられる。

「……必要ない。予定通り、商会に向かう」

自室を掃除して心を落ち着けたいと思いながらエイベルは腰を上げる。ティモシーは吐息をついてカップを置くと、一緒に立ち上がった。

劇場の廊下はひんやり冷たかった。その冷たさを踏みしめてエイベルは進む。唇を引き結び、長い足で馬車が待つエントランスへと急ぐ。

暗い廊下に、もつれにもつれた自分の物想いを振り払っていくように。


「どうしたんだ、ジェリ。沈んだ顔をして」

イリヤの声に耳を打たれ、アンジェリカは我に返る。

アンジェリカはイリヤとともに、学生に案内されて講堂へ向かうところだった。一同が歩く足音は、学び舎の高い天井に跳ね返って反響していた。

アンジェリカはあわてて我に返り、そっけなく答えた。

「べつに沈んでなどしていませんですわよ。気のせいでございますわ」

「その話し方はやめろっていっただろ。それとも」

くだけた口調で注意してから、イリヤは揶揄する口調でいった。

「もしや、ご夫君と離れているのが寂しいか？　新婚だからな」

痛いところをつかれて、アンジェリカはぎくりとする。返す言葉に迷っていると、イリヤはふっと目をそらす。

「君の夫は、麗しいが冷徹そうだな。〝氷皇子〟のあだ名のとおりだ。とはいえ……国と国との政略結婚でも君を伴侶として得られるとは、うらやましい」

おや、とアンジェリカはイリヤを振り仰ぐ。

耳に触れた深みのある声も、廊下の向こうを見つめる横顔も、どこか寂しげだ。

〝君を伴侶として得られるとは、うらやましい……〟

彼は孤独なのだろうか。支持者に囲まれていてもここは故郷ではない。それに〝革命家〟としての彼の居場所は、革命後のこの国にあるのかもわからない。

アンジェリカはまた罪悪感に襲われた。幼かったあのとき、どうにかして盗みを繰り返す彼を止められたなら、彼は故郷にとどまっていられたかもしれない。

(なにをいうの。彼の不幸も幸福もわたしが決めることじゃない)

ただ、自分のなかの後悔が捨てられないだけだ、とアンジェリカは自戒する。

それより、イリヤに見透かされるほど、エイベルのことが気になっていた。

彼はどうしているだろう。本当は一緒に行うはずだった午後の公務も別行動。それも一方的に決められて、寝起きのところにそっけない一言で告げられた。

……そんな冷淡な態度なのに、寝間着姿の自分に上着を貸してくれるなんて。

(ああもう、わけわかんないんだけど。いったい、なに考えてるの)

アンジェリカも頭をかきむしりたくなる。

「ここが講堂だ。ジェリ、できれば視察だけでなく、君の話が聞きたいな」

ひとり悶々とするアンジェリカの耳に、イリヤのはずむ声が飛び込む。

「スラムの貧しい暮らしから一国の姫の身分を取り戻し、皇国の第一皇子の妃となった君の武勇伝を、みんなは聞きたいんだ」

講堂では、多くの学生が目を輝かせてアンジェリカの話に耳を傾けた。

男女比は見たところ半々。これが皇国なら男ばかりだったはず。だれもが服装は質素で、女性も下はスカートだが上は庶民が着るようなジャケットだ。

興奮が講堂を包む様子を肌で感じ、アンジェリカは胸がいっぱいになる。

知識や学問は自分を形作る。グラソンベルグの学生らの熱意あふれる姿に、アンジェリカは羨望を覚えた。自分には学問を学ぶ自由はないのだから。

「素晴らしかった、ジェリ」

学生に囲まれてなかなか講堂から出られないアンジェリカの手を、イリヤがつかんで連れ出しながら称賛する。

「思わず引き込まれた。君も革命家になれるな」

「あるいは扇動家？」

高揚に火照る頬で言葉を返すと、イリヤは楽しげに笑い声を上げる。

「だいぶ時間押したね。もうすぐ夕方だわ。今日の会食に間に合うかな」

講堂から出ると、廊下の高い窓から射す光は赤く染まりかけていた。

「ジェリ、よかったら……ふたりきりで夕食を取りたい」

え、とアンジェリカは振り仰ぐ。深い黒の瞳が見返してくる。

「離れていたあいだの距離と時間を埋めたい。お互いの話をしたいんだ」

アンジェリカは唇をつぐむ。たしかに、イリヤがここに至るまでの過去には大きな興味があった。ふたりきりになれば謝罪もできる。

「……だめ」

しかし、アンジェリカは考えたのちに断った。

「話はしたいけれど、今日の夕食はクインシー男爵の商会のひとたちと予定があるの。滞在は一週間だし、今日じゃなくても明日以降のどこかで」

「今日がいいんだ」

どこか切迫した声音でイリヤはいった。アンジェリカは眉をひそめる。

「どうして？　わたしだってあなたと話をしたいけれど……」

そういったとき、廊下の向こう側から一団の人影があらわれた。

クインシー男爵と談笑しながら歩むエイベルとティモシーだった。その姿を目にしたとたん、ぱっとアンジェリカは顔を輝かせる。

「エイベル殿下！」

はずんだ声で名を呼ぶと、エイベルがはっと顔を向ける。

アンジェリカは嬉しくて嬉しくて、飛び上がるようにして大きく手を振った。話したいこと、聞きたいことがたくさんあって、いまにも唇からあふれそうだった。

手を振るアンジェリカにエイベルは戸惑うように足を止めるが、すぐに大きく足を踏み出す。アンジェリカも駆け出そうとした。

「えっ……イリヤ？」

だが力強い腕に手首をつかまれ引き留められた。

戸惑いの声とともに、アンジェリカは振り仰ぐ。その手をつかんだまま、イリヤは浅黒く野性的な顔をエイベルに向ける。

「殿下、あなたに許可をもらいたい」

「……なんだ」

警戒で身構えるエイベルに、イリヤは余裕ある態度ではっきりといった。

「今夜の夕食を、ジェリとふたりきりで取りたい」

「な……待って、待ってくださいますこと⁉」

アンジェリカはイリヤを見上げて抗議した。

「今夜はクインシー男爵の商会と会談だと、お断りいたしましたですわ」

「なぜ、だれも彼も彼女の意志について僕に許可を求める」

美しい瞳に険を宿しつつ、呆れ果てたようにエイベルが吐息をついた。

「彼女が断ったならそれまでだ」

「彼女の意志について許しを請うているわけじゃないさ」

氷のごとく冷たいエイベルにも、イリヤはまったくひるまない。

「商会との会談の予定をずらしてほしい」

なに、とエイベルが眉をきつく寄せると、イリヤは悠然と笑んだ。

「そうすれば彼女が断る理由は消える。ジェリ、君も会談の予定がなければ俺と話をしたいといっていただろ」

「それは……そう、でございますけれど」

迷いが口を重くする。正直、イリヤがこの革命家という地位についた経緯は聞きたかった。それに彼は「今日でなければならない」といった。いまを逃せば、もしかしたらもう二度と話せる機会はないかもしれない。

（殿下とは皇国に戻っても話す時間はあるけれど……）

でも、とアンジェリカはさらに正直な気持ちを見据える。エイベルとずっと離れていて話したいことが積もり積もってあふれ出そうだ。

逡巡（しゅんじゅん）に心が引き裂かれそうになり、アンジェリカは視線をさまよわせる。

「ぼくはかまいませんよ」

答えに迷うふたりの代わりのようにクインシー男爵が答えた。

「両殿下の滞在中のどこかで少々お時間をいただければ、それでいいかと。帰国後に細かなところを詰めるのも可能ですからね」

「だったら、それでいい」

　エイベルが即答し、はっとアンジェリカは顔を上げる。

「彼女が望んでいるなら、僕が決めることではない」

「殿下！」

　思わずアンジェリカは呼びかける。

　だがエイベルは振り返らずに歩いていく。クインシー男爵も一礼してエイベルにつづいた。ティモシーが困惑の顔でアンジェリカとエイベルを見比べたあと、思い切ったように駆け寄ってきた。

「お許しを、姫。今日一日、殿下は姫のことを気にかけておられましたから」

　それでは、とティモシーは頭を下げ、エイベルを追って走っていく。あとに残されたアンジェリカは、どこか途方に暮れた心地で一行を見送った。

◆

　大学近くを流れる運河沿いの食堂に、アンジェリカは招かれた。

　食堂は貸し切り。アンジェリカはイリヤとふたりきりで窓辺の席で向かい合う。

開いた窓からは運河の流れがよく見えた。荷物やひとを載せて、ときおり小舟が窓の下を通り過ぎる。家々の灯(あか)りが、揺れる水面に落ちてきらめいていた。

異国の夏の夕べは美しかった。公務とはいえ、見知らぬ土地の美しい眺めを味わうのは心地いい。つかの間アンジェリカは旅情に浸る。

「悪かった、ジェリ」

アンジェリカは窓の外から目を戻す。テーブルに食前酒のグラスを置いて、イリヤは運河のたゆたう水面を見ていた。

「悪かったたって……なにを謝るの？」

「ご夫君から引き離してしまったことさ。朝からずっと別行動だったのに」

――〝ご夫君〟。

何度いわれても、皇帝の病で式も挙げていないから、その呼び名はどうもしっくりこない。夫婦らしいことをしているわけでもないし……。

と考えて、アンジェリカはカッと頰が熱くなった。

スラムで暮らしていたころ、周囲のひとびとは食うや食わずの生活のなかでも結びついて子を産み、育てていたのを見ている。ノルグレンでの監禁同然の生活で、王族としての教育を受けさせられたとき、性教育めいたものもあった。

だが、情の交わし方をはっきりと知っているわけではない。過酷な生活だったから、恋人などいたことはないし、恋をしたことすらもない。エイベルも母を失って軟禁同然で生きてきて、愛だの恋だのと甘いことを考える余地はなかったはずだ。

つまりふたりとも、性愛にはまったくの初心。

十九歳のエイベルはまだしも、二十二歳の自分がいかにもの知らずか、改めて考えるとアンジェリカは落ち込んでしまう。

（第一、彼はわたしに触れようともしないし……）

はあ、とアンジェリカは吐息をつく。夫婦どころではない、ままごと以前だ。

「ご夫君なんて……。皇帝陛下の病で式も挙げてないんだから、夫も妻もないよ」

虚勢を張ってアンジェリカはつんとして答える。イリヤはふっと笑った。

「じゃあ、俺がジェリをさらっても問題はないわけだ」

「……は⁉」

思いもかけない言葉に、アンジェリカは動揺もあらわな声を上げる。

「さ、さらうって、どういうこと」

「君を俺の妻として連れていく。大陸中を一緒に旅をして、政情不安な国で革命を起こし、よりよい国へと導く。海の向こうへ渡ってもいい。どうだ？」

イリヤは熱いまなざしでじっと見つめ返す。

アンジェリカは上手く返事ができなくなって、顔を赤くしてそっぽを向いた。

「か、からかわないで。久しぶりに会ってそんな冗談、面白くないよ」

「……そう、冗談だよ。ただの俺の願望だ」

イリヤはあっさり引き下がった。アンジェリカは肩透かしを食らった心地になる。

変に焦った自分が恥ずかしくなった。

「ほら、料理がきた。ここは庶民の使う店だが味は一級品だ」

給仕がやってきて、ふたりのあいだにいくつもの大皿をどんと置いた。

夏野菜と肉をぎっしり敷き詰めて重ね焼いた料理、魚と野菜を煮込んだ料理、果物をたっぷり使った夏サラダ、冷製スープに軽い薄焼きパン……。量の多さと豪快さは、いかにも庶民的だった。

「美味しい！　夏野菜がどれもみずみずしくて、しっかりした味がするね」

いくつか口にして、アンジェリカは目を丸くした。イリヤは酒の入ったグラス越しに嬉しそうな笑みを向ける。

「時間と機会があれば、もっとジェリに色んな店を案内してやりたいんだがな」

アンジェリカは料理から目を上げた。こちらを見るイリヤと目が合う。

謎めいた男は謎めいた笑みでアンジェリカを見つめていた。

「ねえ……イリヤ。どうやって、〝革命家〟になったの」

ずっと抱いていた疑問をアンジェリカは口にする。

「子どもだったあなたが、ノルグレンで兵につかまったのは聞いてる。そこからグラソンベルグ政府の代表たちに信頼されるほどの地位に上るなんて、すごい話よ」

「大したことじゃないさ。運がよかっただけだ」

イリヤはジョッキの酒を少し口にして、あいまいな笑みを浮かべる。

「牢(ろう)から出たあと、傭兵団(ようへいだん)に入ってノルグレン王国を出た。経験を積んでグラソンベルグの有力者に雇われた。それが、ロブ代表だ」

「じゃあ、ロブ代表に協力して？」

「ああ。代表の代わりに民衆の扇動や演説も行ったからな。それで結果的に〝革命家〟と呼ばれるようになっただけだ」

イリヤは言葉少なだった。運がよかっただけだというが、傭兵なんて過酷な環境、有能でなければ生き残れないはずだし、政府の上層部に食い込めはしない。

「……ごめんなさい」

ふいに謝罪が口をついて出る。イリヤが面白そうに眉を上げた。

「なに？　ジェリ、いきなりなにを謝るんだ」

「子どものころ、犯罪に向かうあなたを引き留められなかったこと。盗みを繰り返して捕まってしまったあなたを、救えなかったこと。……うん」

目を閉じてアンジェリカは強く首を振る。

〝……ジェリと俺らは、違う〟

幼いときのイリヤの言葉は、思い返すたびに耳朶を激しくたたかれる。

「〝救う〟なんて傲慢だわ。その傲慢さをあなたは見抜いて、わたしを拒絶した。あのときの無力感をずっと忘れられなかった。もっとなにかできたんじゃないか。自分ひとりで悩まずに、大人に助けを求めたらよかったんじゃないかって」

「……ジェリ」

「この謝罪も、あなたには意味がないよね。ただ、わたしの後悔や苦悩を晴らしたいだけ。それにも……ごめんなさい」

ふいにイリヤの傷らだけの大きな手が伸びた。

はっと思う間にテーブルに置いた手に重ねられ、ぎゅっと握り締められる。彼の手は熱く、その熱はアンジェリカの肌に染みるようだった。

「そんなことなら、君が謝る必要はなにもない」

アンジェリカの手を握り締め、強い声でイリヤはいった。

「あのとき……盗みを止めようとしてくる君に反発して兵士に捕まって、結果的に俺はスラムからも、ノルグレン王国からも自由になり、革命家になれた。あのどん底の場所にいたら、きっとのたれ死にしていた。だから」

イリヤはやわらかにほほ笑む。日に焼けた頬に、小さくしわが寄った。

「君には感謝している。ずっと……会いたかった」

イリヤはぐっとアンジェリカの手を握った。大きな手のひらに刻まれた傷痕が手の甲に触れ、その傷の固さにアンジェリカは我知らず胸が詰まる。

「ここまで、本当に大変だったんでしょう」

「むろん、ノルグレンの牢獄でも傭兵団でも、酷い扱いは受けたさ」

暗い色がイリヤの瞳によぎった。

「だがそんなことは話したくはない。思い出すのはつらすぎるし、せっかくの再会にいやな想いもしたくない。君にも苦しい想いはさせたくないからな」

アンジェリカは目を落とす。

成長したいまの彼は、決して弱い人間には見えない。それでも話したくないと口ごもるほどに、ここまでの道のりは過酷だったに違いない。

「わたしも、十八の年にスラムから連れ出されて王宮に軟禁状態だった。王宮にいるのに食べるものもろくに与えられないし、寒さをしのぐのもやっとだった。優しくしてくれるひとはいたけれど……結局、そのひとには裏切られて」

腹違いの姉で現女王の息子、甥のダニール王子のことを思い出す。

アンジェリカを姉さまと慕い、気にかけてくれた少年。その彼も自分の特権に驕りたかぶり、母に抵抗するためにアンジェリカを利用しようと企んだ。

その企みを阻止した結果、彼は解放の見込みのない監禁状態に置かれている。それでも信頼していた相手の裏切りに、哀しみは深く刻まれている。

アンジェリカは苦しみを紛らわすように苦笑した。

「もちろん、牢に監禁されていたあなたには及ばないけれどね」

「いいや。自由を奪われる苦しみは比べるものじゃない」

イリヤは優しくアンジェリカの手を握り直す。

「お互い、つらかったな」

「イリヤ……そうね、ありがとう」

アンジェリカの胸を温かさが満たす。やっと目の前の相手を幼なじみと思えるようになって、懐かしさに思い出話が口をついて出る。

「ねえ、スラムの排水溝を教えてくれたの、覚えてる？」

「覚えてるよ、下町への抜け道だ。臭くて酷い場所だったなあ。仲間が落ちて、引き上げようとしたときにジェリも落ちただろ」

「そうそう！　すっごい臭かったなあ、頭から泥をかぶっちゃって」

あはは、とふたりは笑い声を上げる。

「会えてよかった、イリヤ」

素直な想いを、アンジェリカは優しい声で話す。

「あなたが無事だったのも、なにより嬉しい。ずっと気にかけていたから。この国を見れば、あなたが成し遂げたことが誇らしい」

「……ジェリ」

「わたしも、国を改革したいって望んでるの」

紅い瞳を輝かせて、アンジェリカはイリヤの黒い瞳を見つめる。

「王族の血を引くのを恨みもしたけれど、でも王族だからこそやらなきゃならない。熱意にあふれるこの国の学生たちを見たら、もっとその想いが強くなった」

「そうか。……それなら」

イリヤのまなざしが真剣みを帯びる。彼はアンジェリカの手をぐっとつかむ。

「ジェリ。やっぱり、俺と来い」

は!? とアンジェリカは大きく目を開いた。

「な、なにをいうの。冗談も二回目だよ」

「今度は本気だ」

彼の奥に秘める炎が、一気に燃え上がったようだった。その炎でアンジェリカを呑み込まんばかりに、イリヤは強い声とまなざしでいった。

「君のカリスマ性には目をみはる。君がいれば、いまよりもっと多くの民衆を扇動できるはずだ。俺とともに大陸の国々を改革しよう。俺と一緒なら」

熱い声が、言葉もないアンジェリカを打つように響く。

「ジェリ。君は新たな光景と、果てしない新たな世界が見られるぞ」

途方もない計画だった。アンジェリカは呆気に取られ、反応もできない。困惑に黙り込むアンジェリカに、どこか必死な口調の声が呼びかける。

「考えてくれ、いま、この場で」

「イリヤ、そんな無茶な」

目を上げれば、恐ろしいほどに真剣なまなざしが見つめている。こちらの手をつかむ手の力もいっそう強い。アンジェリカは唇を噛み、顔を伏せる。

「いきなり過ぎて考えられない。だって、国の改革なんて重大なこと一朝一夕ではいかない。浅はかなあこがれだけでは、きっと挫折か失敗をする。いまここでそんな大変な決断を軽率にはできないよ。それに」

　イリヤの手の下でアンジェリカはぐっとこぶしを握る。そうして、ゆっくりと手を引き抜くと、エイベルの冷徹な横顔を思い浮かべながら告げた。

「わたしは……エイベルと一緒に、改革を成し遂げると約束したから」

　イリヤの返事はなかった。空っぽになった手を握りしめて黙り込んだ。その沈黙はあまりに重く、巨石のごとくアンジェリカの頭上にのしかかる。

「……わかった」

　長い沈黙のあとに、イリヤは静かな声でつぶやいた。

「たしかに君のいうとおりだ。昨日今日再会したばかりの幼なじみに、そんな重大な誘いをするほうが間違っていたな。俺が焦り過ぎた」

　ほっとアンジェリカが肩の力を抜いたとき、さらに声がした。

「だが、君と出会ったのは俺が先だ。……政略結婚の相手にゆずる気はないな」

　ガタ、と椅子を引く音を立ててイリヤは立ち上がる。

　アンジェリカがなにかをいう前に、彼は強いまなざしと声でいい放った。

「俺は、君を決してあきらめない」

◆

イリヤが去り、ひとり取り残されたアンジェリカを護衛兵らが宿舎に送り届けてくれたのは、意外に早い時間。

エイベルたちは、会食よりいまだ戻っていなかった。

仕方なしにアンジェリカは湯浴みをして待つことにした。

浴室は清潔で、バスタブも上品な陶器製。宿舎の使用人たちが用意してくれた湯に浸かり、アンジェリカは湯船で膝を抱える。

湯をかき回して手を持ち上げたとき、ふっと、食堂のテーブルのうえでこの手をイリヤにつかまれたのを思い出す。彼の、情熱あふれる申し出も。

〝君は新たな光景と、果てしない新たな世界が見られるぞ……〟

心動かされなかったとはいわない。だれかに命令されて動くのではなく、自分の足で世界を広げていく人生を目の前に差し出されたのだから。

だが、踏み出せない気持ちのほうがずっと強かった。

（もし、これがエイベルにいわれたなら？）

想像してみるが、想像しきれない。エイベルは軽々しくそんな重大な誘いをするような人間ではないからだ。

ふう、と息をつき、お湯をしたたらせながらアンジェリカは湯船から立ち上がると、用意されていたタオルを巻きつける。

浴室の控えの間では、待ちかまえていた宿舎の侍女たちがガウンを差し出し、タオルで丁寧に濡れた髪を拭き、寝間着に着替えさせる。

こういう扱いに慣れていく一方で、慣れたくない気持ちもいまだ強かった。

「そういえば、殿下はまだお帰りではございませんですの」

夏の寝間着に袖を通しながら、アンジェリカは侍女に尋ねる。

「先ほど使いがやってまいりました。エイベル殿下は男爵との会談が長引いているそうなので、先にお休みくださるようにとのことです」

「……そう」

味気ない報告にアンジェリカは意気消沈する。

髪を乾かしてもらったあと、ベッドに潜り込む。天井を見上げながら、エイベルはクインシー男爵と、どんな会話をしているのかと思いを馳せる。

エイベルから遠ざけられているのが寂しかった。彼の気持ちがわからないのも寂しくて身が切られる。アンジェリカは上掛けを抱きしめて壁を向く。

いつしか眠気が襲ってくる。大学での視察やイリヤとの会食で気を張っていたせいか、アンジェリカはたちまち深い眠りへと引きずり込まれていった。


「……ジェリカ……アンジェリカ！　緊急事態だ、起きてくれ！」

切羽詰まったエイベルの呼びかけにアンジェリカはたたき起こされる。

カーテンを通して射し込む夏の光はやわらかい。まだ早朝のようだ。

「殿下、いったい何事でございますの⁉」

ふだん冷静沈着なエイベルがこんなに冷静さを失っているなんて、ただごとではない。アンジェリカは寝間着にガウンを羽織り、寝室の扉を引き開ける。

そこにはティモシーを従え、礼服に着替えたエイベルが立っていた。心なしか怜悧な美貌は青ざめている。いつも陽気なティモシーもこわばった顔だ。

屋敷の侍女たちはいない。昨日は早朝からエイベルを取り次いだのに、彼女たちはいったいどこに行ったのだろう。

エイベルはアンジェリカの乱れ髪のガウン姿にはっと目をそらした。

「すまない、休んでいるところを起こしてしまって」

彼の戸惑う顔に、アンジェリカもはっと顔を赤らめる。

「いえ、またお見苦しい姿で申し訳ございませんわ。なにがありましたの」

「先ほど、グラソンベルグの政府機関から兵がここへ派遣されてきた」

「兵の派遣？　こんな早朝に、いったい……」

「実は……昨夜遅く」

エイベルは眉をきつく寄せ、声をひそめるように答えた。

「ロブ代表が、殺されたらしい」

アンジェリカは絶句した。

予想だにしていないできごとだった。

信じられない、革命を経て新たな国づくりにみなが意欲を燃やすいま、なぜ。

「犯人と目される人物は、目下のところ逃亡中だ。その人物は……」

言葉もないアンジェリカに、エイベルは一瞬ためらいなのか唇をきつく結ぶ。

だが、思い切った様子で口を開いた。

「イリヤ――だそうだ。グラソンベルグ側は、君を拘束するといっている」

第四章　ちょっと派手な真似をさせていただきますね

イリヤが、ロブ代表を殺した――。

グラソンベルグ共和国の革命を主導した革命家・イリヤ。そのイリヤが、当のグラソンベルグ現政府のロブ代表を殺す。いったい、どういうわけで。

「うそ、どうして……どうして、イリヤがそんなことを」

「昨夜、彼がロブ代表の宿舎を訪れたのが目撃されている。君との会食のあとだ。そして明け方に死体が発見された。なにか思い当たることはないか」

「それらしいことは、なにも……。でも」

アンジェリカは蒼白の顔で考え込み、はっと目を開く。

「夕食に誘われて断ったとき、彼は、どうしても今夜でなければならないといったの。滞在期間は一週間もあるのに」

「つまり昨日の時点で、ロブ代表を殺してこの国を出るつもりだったのか」

ふいに押し問答のような怒声が階上にまで聞こえてきた。はっとアンジェリカは階段を見やり、エイベルは眉をひそめる。

「エイベル殿下！」

公務に同行してきた皇国の護衛兵らが、どかどかと階段を上がってきた。

「グラソンベルグの兵がアンジェリカ殿下を引き渡せと主張して下がりません。このままでは強引に宿舎内へ押し入りそうです」

「正気か。仮にも友好国の皇族の配偶者なのに」

エイベルが吐き捨てる。アンジェリカはガウンの襟元をぎゅっと握り締めた。

「……申し訳ありません、殿下。会食に行ったわたしがうかつだった」

後悔が口をついて出る。再会の懐かしさ、罪悪感を消せるかもしれないとの期待でイリヤの誘いに乗ったのが悔やまれた。

「わたしが自主的に出ていくほうが穏便に済むわ。だから」

「駄目だ。それと間違えるな」

きっぱりとエイベルは否定する。

「君がうかつなんじゃない。イリヤが君の善意につけ込んで誘いをかけたんだ。それに、僕も君が望んでいるならと受け入れた」

エイベルは一瞬唇を引き結び、アンジェリカを強いまなざしで見返す。

「ともかく君が出ていく必要はない。いいな」

エイベルはきっぱりいうが、皇国の護衛兵が落ち着かない様子で口を開いた。

「しかし、宿舎は囲まれています。膠着(こうちゃく)するなら増援も呼ぶといっています」

「……せめて、兵が駐在する大使館に連絡がつけばいいのだが」

腕組みをし、エイベルが厳しい顔でつぶやく。考え込んでいたアンジェリカは、はっと思いついた顔でエイベルの腕を取った。

「殿下、せめて着替えをいたしますわ。手伝っていただけませんこと？」

「なっ⁉」

「わたくしひとりではコルセットを上手く締められませんもの」

エイベルが真っ赤になるのもかまわず、アンジェリカは寝室に引っ張り込むと、呆気に取られるティモシーや護衛兵の前でドアをばたんと閉める。

ふたりきりの寝室で、アンジェリカはエイベルと向き合った。

「殿下、わたしが大使館へ行ってくるわ」

「なんだと……って、な、なにを⁉」

アンジェリカがガウンを脱いでベッドに放り投げたので、エイベルは首元まで真っ赤に染めてあわてて背を向ける。

「き、君が大使館に行くとは、どういう意味だ」

「念のため、いつも新聞社に向かう際の服を持ってきたの。これに着替えて屋根伝いに路地へ降りて大使館へ助けを求めにいってくるわ」

「馬鹿な。また君はそうやって自分から危ない目に遭おうとする」

「わたしは引き渡されてもいいけれど」

エイベルが背を向けているあいだ、アンジェリカは男物の服に腕を通す。

「友好国にもかかわらず高位の人間がむざむざ拘束されたとなれば、皇国にとってずいぶん外聞が悪い話だわ。両国に禍根を残すことになる」

「たしかにそのとおりだが、大使館が兵を派遣して向こうの兵とここで小競り合いになれば、それが火種にもなりかねない」

「だったら、大使館の伝手でグラソンベルグの上層部と交渉してもらう。末端の兵はただ命令を遂行するだけよ。まずはその命令を取り消さなくては」

帽子につややかな赤毛を押し込み、ピンで留めて外れないようにすると、アンジェリカは鞄（かばん）から市内の地図を取り出して目を通す。

「よかった、大使館とはさほど離れていない……。殿下、わたしが窓から出ていってしばらくしてから、〝アンジェリカが逃げた〟とあちらの兵に知らせて。そうすればわたしを追うために包囲も解けるはず」

アンジェリカは跳ね上げ窓に歩み寄り、外をうかがいながら開ける。

「包囲が解けたなら、殿下たちが大使館に向かうのも可能だもの」

「……まったく、君というひとは。少し待ってくれ」

エイベルは大きくため息をつくと、部屋のドアを開けて外に声をかける。

「ティモシー。アンジェリカの着替えに手間取ってる。おまえも手伝え」

「は？　お、おれが⁉　おれなんかなんの役にも立ちませんよ！」

「いいから入れ。これは命令だ」

ティモシーはうろたえながら入室する。すかさずエイベルはドアを閉め、いましも窓から出ようとしていたアンジェリカを目顔で指し示した。

「いまから僕と彼女で大使館に助けを求めに行ってくる」

「なっ、なんですって⁉」「エイベル殿下、なにをいうの⁉」

ティモシーとアンジェリカが同時に声を上げるのに、エイベルが返した。

「君ひとりでなにかあればどうする。リスクは分散すべきだ。ティモシー、おまえの軍服のジャケットとブーツを寄越せ」

「し、しかし……」

「ぐずぐずするな」

ぴしゃりといわれ、ティモシーはうろたえつつも服を交換する。

「これを、殿下。さすがにそのお顔では目立ちますわ」

アンジェリカが差しだす予備の帽子を受け取ってエイベルは深くかぶる。庶民の帽子で軍服のジャケットとはいまひとつ合わないが、顔は隠れた。

「いいか、ティモシー。支度に手間取っているといって階下で時間を稼げ」

行くぞ、とエイベルが先に窓から出る。アンジェリカもティモシーに目顔で会釈して即座に後を追った。

「かなりの急こう配だな。足を滑らせたらひとたまりもない」

北国のグラソンベルグは雪が積もらないように屋根が鋭角だ。二階とはいえ、高さはそこそこある。ふたりは前後して屋敷の棟を走りだした。

「ですから危ないといいましたのに。殿下もたいがい無謀でございましてよ」

「車の運転を始め、目をみはる無謀さを誇る君にいわれたくはないな」

「いいますわね！　帰国したら即行練習を再開して、上達してみせますわ！」

「上達までに庭の木を何本折るか見ものだな」

いい合いながら、ふたりは屋根を走った。宿舎は街中の運河沿いにあり、いくつも並ぶ赤い屋根瓦の屋敷が、運河の水面に華やかな赤い色を落としている。

ふたりはたちまち棟の端まで走り抜け、すかさず隣家へと跳躍する。たん、たん、と軽快にその家の屋根も駆け抜けて次の屋敷に飛び移る。

運河を渡る橋の手前で家々の連なりが途切れた。

ここからは通りを行かなければ大使館にはたどり着けない。

アンジェリカが屋根の端につかまり、体を伸ばして地面との距離を縮めて飛び降りると、エイベルも「さすがだな」といってそれにならった。

着地の衝撃を感じると同時に身を返して通りを走り、橋を渡る。

朝も早いのに、運河沿いの道は人通りが多かった。市場があるのか、満杯の果実を載せた荷車を引くものや荷物を背負って歩くひとびと、運河にも小舟が何艘も行き交っている。その平穏な光景のまっただなかをふたりは警戒しながら歩く。

やがて人混みでごった返す朝市へとやってきた。

「……視線を感じるな」

「軍服ですもの、仕方がございませんわ」

エイベルのつぶやきにアンジェリカはささやきで返す。

金ボタンのついた皇国の軍服は、市場を歩く平服のひとびとのあいだではいくぶん目立つ。顔を隠しているのが幸いだった。

「皇国の大使館は、この運河沿いでございましたわね」

「市場を通り抜けないとならないわけだな」

多くのひとでごった返す朝市を、ふたりは無言でひとの波をかき分けて進んだ。活気のある様子を目にしてアンジェリカはつぶやく。

「不思議。いつもどおりの日常といった感じですわ」

「ふむ……。つまり、ロブ代表の件は伏せられているわけだな」

さすがエイベルは聡い。アンジェリカは強くうなずく。

「市民議会による政府が樹立されて間もない状況で代表になにかあったとなれば、大きな混乱が起こるはずですわ。隠すのも当然でございますけれど」

「だが発表が遅れれば遅れるほど、現政府への民衆の不安や不信を招く」

「ええ。ですから是が非でもわたくしを捕らえて、イリヤの行き先を突き止めたいはずですわ。あるいは事件の真相を……」

はたとアンジェリカは足を止め、肩越しに振り返る。雑踏のざわめきのあいだから、なにか大声が響いてきた。

「どけ、議会軍だ！」「重罪犯が逃亡につき、この一帯を封鎖する！」

エイベルの顔が険しくなった。アンジェリカも身をこわばらせた。

「まずいな。大使館への道が閉ざされる」

間もなく通りの向こうから一団の兵士たちがあらわれる。彼らは鋭く周囲を睥睨し、ひとびとを威嚇するように歩んでくる。大きな緊張とざわめきが市場を包む。

く、とエイベルが悔しげに小さく声をもらす。アンジェリカは横目でそれを見ると、素早く上着を脱いで彼に渡した。

「殿下、この上着のほうが目立ちませんわ。わたくしが気を引くあいだに大使館へ行って応援を呼んできてくださいますかしら」

「待て、なにをするつもりだ！」

「ちょっと派手な真似をさせていただこうと思いますの」

というとアンジェリカは近くの樽に飛び乗って、帽子を思いきり放り投げた。髪をまとめていたピンが跳ね飛び、美しい赤毛が朝の青空にひるがえる。

「さあ、グラソンベルグの議会軍のみなさま！」

アンジェリカの声がひとびとのうえに高らかに響き渡った。

「あなたたちが捕らえたいアンジェリカは、ここでございましてよ！」

ひとびとは一斉に、赤毛をなびかせるアンジェリカに注目する。

兵士たちも驚きで足を止めた。

視察で顔を見せていたからだろう、彼女が本物のアンジェリカだと気づいたひとびとのざわめきが、大きな波のごとく市場中に広がっていく。

「ど、どういうことだ」「なぜ妃殿下が追われている？」

注目のなかでちらと目をやると、エイベルの姿は消えている。ほっとしつつもこの隙にと、アンジェリカは言葉を重ねた。

「お聞きください、グラソンベルグのみなさま。わたくしは不当に拘束されようとしておりますの。このような扱いに、わたくしは抗議させていただきますですわ！」

戸惑いのざわめきがさらに大きくなった。

くわしい事情はわからなくとも、なにかよくない状況だとは充分に伝わったようだ。ひとびとは判断に迷うように顔を見合わせ、硬直している議会兵を振り返る。

その混乱に、アンジェリカは声を張り上げる。

「すでにお聞き及びかと思いますけれども、実は昨夜ロブ代表が……」

「や、やめろぉ！」

リーダーらしき大柄な兵が大声で怒鳴った。やはりロブの死は隠されているらしい。

その兵は剣を抜いてアンジェリカを指示した。

「みな、その女を捕らえろ。邪魔をするなら切り飛ばすぞ！」

アンジェリカはすばやく樽を飛び降り、赤毛をひるがえして市場を走りだす。

混乱するひとびとに阻まれ、兵士らはなかなか近づけない。しかしアンジェリカも同じだった。彼女を捕らえようと、兵に煽られた市場の者たちも立ちはだかる。

腕を取られて振り払ったが、一瞬足が止まった。追いついた兵がアンジェリカの襟首に手をかけて捕らえようとする。

「うわぁっ！」

とたん、身を低くしたアンジェリカが足払いをかけて兵を転倒させ、次いで地面を蹴りつけ、後続の兵のあごを足裏で強く蹴り上げた。

兵士たちは仲間や周囲のひとびとを巻き込んで石畳の道に倒れる。

市場は混乱に陥った。荷車を置いて逃げる者、荷物を抱えてうずくまる者、右往左往するひとびとに阻まれ、追手の兵士たちはいっそう身動きが取れなくなる。

（でも、このままじゃいずれ捕まる……！）

アンジェリカは運河を見下ろした。運河沿いには手すりが設けられているが、細い階段が桟橋へと降り、いましも荷物を積んだ小舟が離れていく。

即座にアンジェリカは階段へ走る。兵士たちが気づいて追いかける前に桟橋の端まで走って足元を蹴りつけ、大きく跳躍して小舟へと降り立った。

「わあ、あ、あ!?」

衝撃で大きく舟は揺らぎ、船頭はいきなり乗り込んだアンジェリカに動揺する。

「ごめんなさい、マグナフォート皇国のアンジェリカでございますわ。運河の下流にある皇国の大使館まで乗せていただけますこと」

「そこの舟、すぐに停まれ！」

手すりから身を乗り出し、剣を振り上げて議会軍の兵が怒鳴る。

おろおろする船頭に、アンジェリカはすがるようにいった。

「お願いですわ、大使館はすぐそこでございますの。これ以上のご迷惑は……」

いいかけた言葉が止まった。

いましも隣を下流へ通り過ぎていく舟に目を奪われたからだ。

アンジェリカが乗るものより大型のゴンドラ。その真ん中に立つ人物。

ラフなジャケットを着た長身と、目深にかぶった帽子の端からのぞく黒髪、帽子で顔を隠してもにじみ出る野性味ある横顔……。

「イリヤ！」

「なっ、ジェリ!?　なぜ、こんな場所に！」

彼が振り返った瞬間、アンジェリカは小舟の床板を強く蹴って跳んだ。

ゴンドラに飛び移ってつかみかかる。その拍子に相手の帽子が脱げた。

浅黒く野性的なイリヤの顔があらわれ驚きの表情のまま倒れる。

アンジェリカが飛びかかった衝撃で、ゴンドラは嵐の水面に落ちた葉のように大きく揺れ動く。船尾では船頭が竿(さお)をついて必死に揺れを収めようとしていた。

「どういうことだ、ジェリ。なぜこんな真似を……」

「黙れ、イリヤ。あなたこそどうしてロブ代表を殺した！」

イリヤは目を大きく見開く。アンジェリカはいいつのった。

「おかげでわたしは議会兵に追われてる。どういうことなの！」

「待ってくれ、理由がある。俺は……」

「アンジェリカ！」

呼び声に頭を上げると、頭上の運河を横切る橋のうえにエイベルが立っていた。

彼は大使館の兵を背後に従え、手すりからのぞき込んでいる。そこへ市場を抜けたグラソンベルグの議会兵たちも息を切らせて走ってきた。

「殿下、イリヤを捕らえた。早く拘束を！」

アンジェリカは叫んでイリヤを見下ろす。彼は抵抗もせず静かに見返してきた。そのまなざしにひるみそうになるが、アンジェリカは努めて冷静に告げる。

「あなたをグラソンベルグの議会兵に引き渡す。ロブ代表の死にも、あなたの犯行にも、わたしは一切無関係だときちんと証言してもらう」

「そうだな、君の立場をまずくするのは本意じゃない。だが……」

ふ、とイリヤは唇の端で笑んだ。

「この国を去る前に、君が会いにきてくれたのかと思った。考え直して、俺と一緒にきてくれるんじゃないかって。もしもそうだったなら」

ほんのわずか、言葉に間があった。

「……二度と、離さなかったのに」

はたとアンジェリカは息を呑む。

自分を見る彼の目はひどく寂しそうで、とっさにアンジェリカは言葉を見失う。

「悪いな、ジェリ」

イリヤはそういうと、ふいに強い力でアンジェリカを投げ飛ばした。

抵抗する間もなかった。天地が逆さになり、「なっ！」とアンジェリカは声を上げて運河へと投げられ、水しぶきとともに水中へ沈む。

く、と歯を食いしばり、アンジェリカは懸命に水をかいて頭上のゴンドラ目がけて浮上すると、揺れる船べりに手をかけて体を引き上げる。

盛大に頭から水をしたたらせつつ、アンジェリカは必死に周囲を見回す。

イリヤは消えていた。ゴンドラにも、桟橋にも、その姿はなかった。

◆

——逃亡と追走劇から、数日後。

マグナフォートに向かう列車の最後尾の見晴らしがいい展望車で、アンジェリカはひとり物想いにふけっていた。

時刻は昼過ぎ。窓から射し込む夏の光は、北のグラソンベルグよりもはるかに暑くてまばゆくて、南に戻ってきたのだと実感する。大きな窓から見える光景も、青く冷たい北国の山々ではなく美しい緑の田園地帯で、疲弊する心に心地いい。

体力はあるほうなのに、アンジェリカはひどく疲れていた。ノルグレン王国よりも遠いグラソンベルグからの長旅のせいもある。

だがもちろん最大の原因は、〝イリヤ〟をめぐるごたごたのせいだ。

運河沿いの逃走劇のあと、結局イリヤの行方を見失った。

橋の上では混乱がつづいていた。グラソンベルグの議会兵が、エイベルと大使館兵の話も聞かずにアンジェリカを捕らえようとしたからだ。

どうにか態勢を立て直したときには、もうイリヤはどこにもいなかった。混乱の隙に桟橋に渡り、街の路地へ逃げ込んだのだろうと推測されている。


「ここにいたのか、アンジェリカ」

窓辺で頬杖(ほおづえ)をついていたアンジェリカは、声のほうに顔を向ける。

展望車の戸口にエイベルが立っていた。すでに外出用の衣服に着替えて身支度を終えていて、いつでも外へ出られる格好だ。

「マグナフォート中央駅まであと一時間程度らしい」

「え、もうそんな時間でございますですの」

我に返ってあわてるアンジェリカに、エイベルはそっと片手を挙げる。

「どうせ到着しても予定がない。急がなくてもいい」

「そう……でございますかしら」

アンジェリカはうなずき、また腰を下ろす。エイベルは戸口に立ったままだ。眺めのいい展望車に、居心地の悪い沈黙が満ちる。

長い車中だったにもかかわらず、行きと同じくエイベルとはろくに会話もなかった。どちらも——少なくともアンジェリカは——強い悔いを抱えていたからだ。

エイベルの命令で、大使館からグラソンベルグ議会政府へ正式な抗議を行ったおかげで、アンジェリカは拘束をまぬがれた。

とはいえ、グラソンベルグとのあいだには深い亀裂と確執が生まれた。

〝イリヤ〟という、両国どちらも味方と思い込んでいた相手のせい。明確に表には出さなくとも、お互いの失態をお互いになすりつけ合っている状態だ。

ロブ代表の死で、鉱山の開発の話をまとめるどころではない。仲介をしたクインシー男爵も、失望をあからさまにして一足先に帰国している。

アンジェリカは深く悔やむ。あの会食のとき、なにか気づけなかったのか。運河で後れを取ったことも悔しかった。ああして取り押さえながら、むざむざ逃がして、あげくに水に落とされたなんて。

窓の向こうののどかな緑の田園とは裏腹の心地で、アンジェリカは唇を嚙む。

「……殿下。申し訳ありませんでした」

アンジェリカはうなだれて謝罪を口にする。

「せっかくの外交任務、わたくしのせいで失敗したも同然ですわ」

「君が謝罪する必要はない。明確な原因はロブ代表を殺した犯人にある」

「ですけれど……！」

「〝彼〟を逃した原因の一端は僕にもある。それに……」

途切れる言葉にアンジェリカは顔を上げ、はっと息を呑んだ。

戸口にもたれ、エイベルは目を伏せていた。だれもの目をうばう美しい横顔は、胸をつかれるような痛みに満ちている。

「それに、今回の公務は失敗に終わってよかったと思っている」

「失敗に終わってよかったって……⁉」

予想外の言葉に、アンジェリカはうろたえる。

「なぜ？　どうしてそんなことを？」

「僕の目的は、自分が所有するマグナイト鉱山を餌に母の仇を捜すことだからだ」

「え……あ、つまり、その餌が無価値になるから、と？」

「そうだ。そのほうが、僕の死を待たずに早く利権を得られるからな」

エイベルの二つ名――〝氷皇子〟と、そして〝母殺し〟。

彼の母親は、領地の館でだれかに深い怪我を負わされた。死にきれずに苦しむ母に手をかけて楽にしてやったのは、弱冠十三歳だったエイベル。

彼の母を害した犯人はいまだ不明。皇帝の寵愛（ちょうあい）を一身に受けていた彼女になぜ危害を加えようとしたのか、その動機もわかっていない。

皇宮における皇族や貴族らの権力争いが原因だと、エイベルは見ている。

だからあえて自分を〝母殺し〟として皇子宮に蟄居（ちっきょ）し、そのうえで真犯人を知っていると、ひそかにうわさを流した。

同時に、〝自分の死後、所有するマグナイト鉱山を、侯爵以上のとある貴族にゆずる〟という遺言書を残している——との話も。

病がちのために権力闘争を抑えられなかった皇帝が、そのうわさの流布だけにはどうにか手を貸したらしい。

そして、犯人が皇子宮にこもるエイベルに接触してくるのを待ったのだ。

「マグナイト鉱山の旨味（うまみ）がなければ……殿下の命が危ない、ですわね」

アンジェリカは青ざめた顔でつぶやく。

そう、ただ待つだけでは無意味だ。襲撃犯が接触してきても、真相を知るエイベルを殺しておしまいになりかねない。

襲撃犯は、真実を知るエイベルを排除したい。だが下手にエイベルを殺せば、莫大な富を得るものが出てくる。

王侯貴族らはだれがその富を得るか疑心暗鬼になり、お互いにけん制し合ったはず。そうやってエイベルは自分を守ってきたのだ。

だがグラソンベルグとの友好条約が成立し、自国の資源を失わずに利益を誘導できるなら、エイベルが所有する鉱山の魅力は減少する。

だから、今回の外交任務が成功しないほうが、エイベルにとっては有利だ。自分の命を守るためにも……。と思ったとき、はっとアンジェリカは目を見開いた。

「まさかあのとき殿下は、わざとイリヤを見逃したの？」

アンジェリカの問いに、ためらう間があった。

「……君も大事な幼なじみを捕らえられたくはないだろう。だから、これでよかった。君も気にするな」

それだけ告げてエイベルは出ていく。追いかけようとしたアンジェリカの前で展望車のドアが閉まった。これ以上の対話は必要ないというように。

アンジェリカは唇を嚙む。いまの一連の言葉は、彼のせいいっぱいの気遣いに思えた。彼自身の後悔も告白し、アンジェリカをなぐさめてくれたのだと。

それでも、悔いは軽くならない。

うつむくアンジェリカが立つ窓辺から、中央駅のホームが見えてきた。

皇国の中央駅には定刻どおりに到着した。

アンジェリカとエイベルは護衛兵を従えてホームを歩く。

昼を過ぎ、陽射しは傾き始めていた。鉄骨の隙間から射す南の国の光に目を細めつつ、アンジェリカは前を行くエイベルの背中を見つめる。

(……だから、これでよかった)

目の前で閉ざされた扉。閉ざされてしまった対話。すぐそこに彼の背中はあるのに、伸ばした手も届かない気がした。

どうしてこんな、胸に虚無があるような寂しい想いがするのだろう。アンジェリカは歩く足元に目を落とし、肩も落とす。

実際は、エイベルは政略結婚の相手にすぎない。だが先の列車襲撃事件以来、国を改革しようという意志を同じくする同志だと思っていたのに。

打ち沈むアンジェリカの耳朶にイリヤの声がよみがえる。

〝俺とともに大陸の国々を改革しよう……〟

心惹かれる申し出だった。グラソンベルグ共和国の革命を主導したイリヤなら、アンジェリカが望むノルグレン王国の改革もきっと道筋を見せてくれる。

けれど、イリヤの手を取る気持ちにはなれなかった。

イリヤは情熱あふれるまなざしの奥に、危険なものを秘めている。それを彼の魅力だと惹かれるひとびとが多いのはよくわかる。それでもあのとき、一歩踏み込んで彼の手を取れなかった。

〝……協力し合おう、アンジェリカ。対等の配偶者として〟

エイベルの言葉と、こちらを貫くような氷の瞳を思い出す。差し出されたその手を、アンジェリカはためらいもせず握り返した。

エイベルもイリヤも同じ志を抱いている。なのに一方の手は取り、一方は拒んだ。なにが違うのだろう……と考えていたときだった。

ふいに目の前でエイベルが立ち止まる。アンジェリカもつられて足を止めた。

護衛兵が両側に動き、礼装の男が進み出る。

「エイベル殿下、ご帰国をお待ち申し上げておりました」

礼装の男の胸元のスカーフには皇国の紋章。これを身に着けているということは、皇位にある人間に遣わされた使者だという証拠だ。

「長旅にさぞお疲れかと存じます。しかしながら、皇宮にいますぐ参上せよとのご命令を申しつかっております」

疲れを癒す暇もないどころか、荷ほどきや着替えすらも許さないような一方的な要請だった。エイベルは不快もあらわにいい返す。

「そのとおり、僕らはいたく疲れている。だというのに皇后は参上を命じるのか」

「皇后陛下ではございません。実は……」

といって、使いは一通の招待状を差しだす。

エイベルは受け取り、確認する。アンジェリカはそっとのぞき込んだ。

差出人は『離宮管理官』。

「離宮……父上が静養している場所だ」

エイベルはアンジェリカにそう説明して封筒を開く。カードを取り出して目を通し、はっと息を呑んだ。アンジェリカも文面を目にして顔をこわばらせる。

『皇帝陛下がお目覚めになられました。皇后陛下にはご内密に、殿下とお話しになられたいとの仰せです。——離宮管理官』

言葉もないふたりに、使いは慇懃な声音で告げた。

「お急ぎください、エイベル殿下。猶予は一刻もないとの伝言でございます」

第五章　わたくしの体は……傷だらけですもの

父が——マグナフォート皇国現皇帝、ホラス五世が目覚めた。

揺れる馬車のなかで、エイベルは焦りを懸命に抑えつける。

皇宮近くで目立たない地味な馬車に乗り換え、皇族だとわからないよう擬装して父のもとへ向かう最中だった。この訪問はよほど秘密裏にしたいものらしい。

もともと病弱だったホラス五世は、数年前から病の床についていた。ずっとまともに話せる容態ではなく、皇后が政務代理を務めるほどの重病だった。

療養場所は、皇宮の広大な敷地内にある離宮。

木々に囲まれた池のほとりに建ち、懐古趣味のある様式美にだれもが目を奪われる。だが訪れるのは皇族や上位の貴族のみで、その美を愛でられるものはごくわずか。

この静かな離宮で、数少ない忠実な使用人に看病されながら、皇帝はまるで余生のように日々を眠って過ごしている。

快方に向かったと皇后は国民に伝えていたが、皇帝は一向に姿を見せていない。

政務代理を続行し、権力を握っていたい皇后の方便だとひそかに疑われている。

その眠れる皇帝がついに目覚めた——という、非公式の知らせ。


「エイベル殿下、お待ちしておりました」

馬車から降り立つと、離宮の玄関口で礼服の男性が出迎えた。

「わたくしが離宮の管理官こと、陛下直属の執事でございます」

執事は優美な一礼をして歩きだす。そのあとをエイベルはついていく。

離宮の壁は見事な絵画や彫刻に飾られ、美しい装飾がそこかしこにほどこされているが、無意識にエイベルはその美しさのなかに〝死〟の冷たさを感じ取る。

長患いの病人がいる場所は、こんなにも冷え冷えとするものなのか。目覚めたというのも死の間際の最後の気力によるものではないか。

アンジェリカはティモシーに守られて、先に皇子宮へ帰還している。死の匂いがする寒々しさがひとりきりの身に染みた。

(ここに彼女がいてくれたら……)

脳裏にあざやかに広がる赤毛を思い浮かべて、エイベルは奥歯を嚙みしめる。

「どうぞ、お入りくださいませ」

扉の奥を指し示す執事に、エイベルは深く呼吸をして足を踏み入れる。

南の庭に向いた室内は、おだやかでやわらかな光に満ちていた。天蓋付きの大きな寝台は紗のカーテンがかかり、そこにいるはずの人物の姿を隠している。

執事がそのカーテンを開けて一歩下がった。エイベルは歩み寄る。

寝台に横たわる人影が目に入る。記憶のなかにあるよりはるかに痩せていた。大柄だったはずなのに、いくつもの枕や厚い寝具のなかに埋もれそうだった。

それでも皇帝はエイベルに気づくと、目を上げた。

「……よくきた、エイベル」

「父上」

それ以上言葉が出ず、エイベルは父の手を取る。

「久しいな……健勝のようでなにより。私はもう、死にかけだが」

「いいえ、想像していたよりお元気そうです」

たしかにエイベルに語りかける声には思いがけない意志の力があった。それが最後の気力を振り絞ってのものでないことを祈りつつ、エイベルは尋ねる。

「なぜ、僕をお呼びに？　しかも内密とは」

「そうだな……手短に話そう。執事、書類を」

控えていた執事が腰につけた鍵でベッドサイドの引き出しを開け、ひとつの巻物を取りだすと、エイベルにうやうやしく差し出した。

「私の署名は入れた。あとはおまえが署名するだけだ」

エイベルは巻物を広げる。文面を追うにつれ、その瞳が大きく開かれていく。

「父上、これは……！」

それは譲位の書面だった。建国の経緯を簡潔に記し、神と始祖への感謝と祝福を述べたあと、現皇帝の署名の次に署名をしたものに新たな皇位をゆずる——という。

「この命は……もう、あとわずかだ。ゆえにエイベル、私は皇帝として、次の皇帝の座をおまえが継ぐことを命じる」

とっさに反応ができない。予想だにできなかった成り行きだった。混乱にもつれる舌で、エイベルはなんとか答えを返す。

「陛下のご命令ならば謹んでお受けしたく存じます。しかしながら、僕以外にもあなたには皇位継承権を持つ皇子たちがおります」

「皇后の、ふたりの子だな」

エイベルがうなずくと、ホラス五世の生気のない白い顔が、ふいに気色ばんだ。

「あれは、あれは……！　余の子では、ない」

驚愕の答えにエイベルは絶句する。死の床にありながら、ホラス五世は黒々とした憎しみをあらんかぎりの力で吐きだす。

「この体で同衾などできるものか。あの女は、余が病なのをいいことに不義の罪を重ね、あげく……ふたりも、不義の子をなしたのだ……！」

ふいにホラス五世は口調をやわらげてつぶやいた。

「おまえが皇位を継ぐなら……ユーフェミアも、きっと喜ぶだろう……」

ユーフェミア。エイベルの亡き母の名だ。その名をつぶやく父の衰弱しきったさまを、エイベルはただ耐えるように見つめていた。


結局、エイベルは譲位の書類に署名をした。

証人として執事と看護師も署名を行ったあと、皇帝の印で封蠟をして紅いリボンを巻いた書面を、エイベルは受け取って大事に握る。

正直この書面の効力は疑わしい。正式には貴族議会の場で議員たちの承認を受け、議長が証人として署名をする必要がある。立太子の式も経ていないのでは、後継として認められるかどうかも不明だ。

それでも皇帝の署名とその意志を容易には無視できないはず。

譲位が認められるかどうか、議会の場で諮る必要がある。

エイベルは書面を受け取ってその場を辞すことにした。退去のあいさつをしたが、ホラス五世は署名が終わったとたん気力が尽きたか枕にぐったりと頭を落としたまま、まぶたも動かさなかった。

「どうかその書面は、いよいよの時までお隠しくださいませ」

廊下に出ると執事が頭を下げる。いよいよとは、つまり皇帝崩御を指しているのだろう。とはいえその前に皇后が、自分の息子を皇太子にと動く可能性は大きい。

「おまえは、ずっと父上のおそばに控えていたのだな」

はい、と会釈する執事にエイベルは声を落とす。

「この書面に証人として署名をしたなら、それだけ父上の信が篤いわけだ。ならば……皇后についての父上の話は、たしかな真実か」

「わたくしからは、なんとも」

執事は大柄な体に似合わないひそやかな声で答えた。

「実は、陛下はずっとお眠りだったわけではないのです」

「なんだと？」

思わずエイベルは振り返った。執事はいっそう声をひそめる。

「皇后陛下と、その取り巻きをあざむくために、重病を装っておられたのです。皇后陛下は是が非でも、ご自分のご子息に皇位を継がせたいとお望みでしたから」

「つまり、皇后から譲位の署名を迫られていたのか？」

執事は重苦しい顔でうなずく。

「重病ではございましたが、ときおりベランダに出る程度は可能でおられました。それもここ一年ほどは起き上がるのも難しく……」

「だから僕に署名を急がせたんだな」

はい、と執事は答えて哀しげに眉を下げる。

「陛下はずっと、不遇な死を遂げられた殿下のお母上……ユーフェミアさまを想っておいでてございました。不義の子にむざむざ皇位を明け渡すよりは、ユーフェミアさまのご子息で正統な血筋である殿下を後継にと」

「この書面の効力は薄い。それも父上はわかっているのか」

「陛下のご意志を残されることが、第一でございます」

は、とエイベルは重い息をついた。

自分が所有するマグナイト鉱山に価値があろうがなかろうが、この書面を手にしたことで、身の危険はいっそう高まった。

皇后は、自分の息子たちを差し置いてエイベルが皇位につくなどゆるすはずがない。ミルドレッド皇女の思惑はわからないが、皇后に政策でも金銭面でも援助をしているのを考えれば、味方になる線は薄そうだ。

エイベルに与するものなど、果たしているのだろうか。

ホラス五世も身勝手だ。皇后や、彼女に与する王侯貴族らに疎まれていた病弱な母を片田舎の領地に追いやって見て見ぬふりで過ごしてきたのに、自分の命がいよいよ尽きるとなってからエイベルを一方的に後継に指名するとは。

ひりつくような孤独感に襲われる。孤立無援とはまさにいまの状態だ。

だが皇帝となり、腐敗した皇国の改革を行うと強く決意した。父——現皇帝の署名があるこの譲位書を利用しない手はない。

上着のうちに書面を隠し、エイベルは執事に手短に告げる。

「有効に活用しよう。……父上を、頼む」

「むろんでございます。それでは、皇后陛下に気づかれる前にお早くご退去を」

そういって執事は足早に歩きだす。エイベルもあとにつづいた。

この離宮にやってきたときより変わったのは上着のうちの書面一枚。しかしその一枚が果てしなくエイベルの足取りを重くしていた。

◆

「アンジェリカ、さまっ……もう、お、下ろしてくださ……っ」

　響き渡るメルの悲鳴を載せて、皇子宮の庭を車が駆け抜ける。

「あと一周、あともう一周だけお願いできますこと、メル」

「も、もう勘弁してくださいませえっ」

　運転席で車を操るアンジェリカの懇願に、メルは半泣きになる。

　帰宮して動きやすい服に着替えるやいなや、アンジェリカは長旅の疲れもかまわず車に乗り込み、練習を繰り返していた。

　皇宮に向かったエイベルが心配で、じっとしていられなかったのだ。

　病床の皇帝からの秘密裏の呼び出し。病を押して話をしたいというなら、重大な内容のはず。それがなんなのか、早くエイベルの口から聞きたかった。

……いや、話してくれるだろうか。

(本当に、公務が失敗してよかったのかな)

　がたん、と庭の小石を踏んで車体が揺れる。ひぃ、とメルがか細い声を上げた。

不安を振り切って、アンジェリカは運転に集中する。

「うん、だいぶ慣れてまいりましたですわ」

約束どおり皇子宮を一周してから、アンジェリカは車を前庭に停止させる。

「やっぱり隣にだれかを乗せると慎重になりますわね。衝突もせず、なめらかな運転ができましたわ。感謝しますですわよ、メル……って、メル⁉」

アンジェリカの忠実な侍女、メルは白目を剝いて背もたれにぐったりしている。

「ご、ごめんなさいませ、メル！　しっかり、しっかりして！」

「も、もうしわけ、ございませ……揺れがひどくて、吐き気が……うう」

メルは真っ青な顔でふらつきながら身を起こした。

「だいじょうぶですか、侍女どの。おれが室内までお連れしますよ」

見守っていたティモシーがメルに手を差し伸べる。

「い、いいえ、長旅でお疲れの騎士さまにそんなこと」

「どうせ殿下がお戻りになるまで休めませんよ。さ、お手を」

とても長旅のあととは思えない元気はつらつなティモシーに手を取られ、メルは真っ赤になって屋敷へと歩いていく。どことなくほほ笑ましい光景に、アンジェリカはメルに申し訳なく思いつつも、彼らの後ろ姿をほほ笑みで見送る。

　そのとき、門の方角から馬車が入ってきた。装飾のない地味な馬車で、アンジェリカは小首をかしげるが、降り立った人物にぱっと顔を輝かせる。

「エイベル殿下、お帰りなさいませですわ！」

　アンジェリカは伸び上がるようにして手を振った。

　難しい顔で馬車から降りたエイベルは、はっと頭を上げる。アンジェリカは先ほどまでの懸念も忘れて駆け寄った。

「陛下のご容態、いかがでございましたの」

「ああ……思ったよりは、お元気そうだった」

「じゃあ、ご快方に向かわれているということですかしら」

　エイベルは首を振った。その重苦しい顔にアンジェリカは黙り込む。

「殿下、お帰りなさいませ」「殿下、お疲れでございましょう」

　玄関口で向き合っていると、奥から老侍従長と老侍女長があらわれた。

「侍女どのをお部屋までお送りしてきましたよ！」

　ティモシーもちょうど戻ってきて、ほがらかに声をかける。

「おふたりとも、夕食の前に旅のお疲れをお流しくださいませ。湯を焚いておきましたので、浴槽までティモシーに湯を運ばせましょう」

侍従長の言葉に、アンジェリカは明るい顔になる。

「あら、よろしいでございますわね。わたくしも湯浴みしてまいりますわ」

「それはちょうどいいですね！」

ティモシーがはつらつとしていった。

「おふたり一緒に、湯浴みをしてください」

「……なに⁉」「なっ、なんでございますって⁉」

驚愕して振り返るエイベルとアンジェリカに、ティモシーが満面の笑みで告げる。

「湯を運ぶのが一か所で済む。ありがたいです！」

◆

「……申し訳ございませんですわ、殿下。すぐに、出ます」

湯に浸かるアンジェリカの声が、美しい色タイルで飾られた浴室に響く。

浴室の扉の前では、エイベルが持ち込んだ椅子に座って湯船に背を向けていた。外ではティモシーがお湯を足すために待機していて、うかつに出られないからだ。

「君が謝ることはなにもない。ティモシーが悪いんだ。ゆっくり入ればいい」

エイベルは、腕組みして目を閉じてぶっきらぼうに答える。

「一緒の入浴なんて！」とふたりは遠回しに、かつ必死に拒んだ。

けれど、悪気のまったくなさそうなティモシー、含みのあるにこにこ笑いの侍女長と侍従長に包囲網を敷かれ、いま、こんな羽目になっている。

たしかに名目は〝夫婦〟だ。

夫婦だけれど、一緒に風呂に入る必要など皆無なのに。それとも皇国の王侯貴族にそういう風習があるとでも？　いや、そんな話は聞いたことはないのだが⁉

頭が茹で上がりそうなほど、エイベルは悶々としていた。

「殿下こそ休む間もなくてお疲れでございますですわ」

水音とともに石鹸の香りがする。アンジェリカが体を洗っているのだ。エイベルはますます体をこわばらせ、腕組みをほどいて膝を握り締める。

「疲れてはいない。君のように下手な運転の練習をしていたわけじゃない」

「なんですって、殿下を隣に乗せて走っても大丈夫なくらい上達しましたわ」

「遠慮する。これでも僕はまだ命が惜しい……うわ！」

後頭部にお湯がかかって、エイベルは身をすくめた。アンジェリカのおかしそうな笑い声が浴室に響いた。まったく、とエイベルは頭を振ってお湯を飛ばす。

「僕とふたりきりが気まずいなら、一緒に入らなくてもよかったのに」

「それはそうですけれど……殿下と水入らずでお話ししたくて。公務のあいだ、ずっとちゃんとした会話ができませんでしたでしょ」

つと、アンジェリカは声を落とす。

「殿下が、わたくしの体を見ないよう気遣いしてくださって、嬉しいですわ」

「……当然だろう。無礼な真似はしたくない」

「わたくしこそ、殿下に失礼かと思ってましたんですの。だって、わたくしの体は傷だらけでございますもの。お見苦しいものはお見せしたくなくて」

はっとエイベルは目を開いた。アンジェリカはくったくのない口調で話す。

「スラムではしょっちゅう小さなすり傷や怪我を負っていましたの。皇国にきて肩口と脇腹にも傷痕が増えましたわ。まあ、それは名誉の証(あかし)でございますけれど」

アンジェリカの笑いを含む声に、ぐっとエイベルは膝をつかむ。

「そんな……そんな、平気そうに話すことじゃない」

苦しげにつぶやくエイベルの脳裏に、アンジェリカの姿がよぎる。

貴族たちの挑発で狩りに挑み、脇腹に痛々しい怪我を負っていた彼女。

列車で襲撃犯に飛びかかり、銃で撃たれて肩口に赤い血を流していた彼女。

いつもアンジェリカは真っ先に身を張って危険に飛び込んでいく。グラソンベルグで議会兵に追いつめられたときもそうだった。

彼女の行動も言葉も、いつだってまっすぐだ。迷いはあってもうそはない。

卑劣さからもっとも遠いアンジェリカのそばにいると安心する。自分の野望を打ち明け、志を同じくする、この世で唯一無二の存在だ。

だからこそ――と、エイベルはぎゅっと唇を嚙む。

イリヤを目にしたときの衝撃を、エイベルは思い返す。

野性的で、全身から熱意を発しているような大人の男に、エイベルはいままでにない黒い感情に襲われた。イリヤとともにいるアンジェリカを、どうしてか見ていたくなかった。それは焦燥にも似た、胸が焦げるような苦しい想いだ。

だから、アンジェリカへの想いから目をそむけた。アンジェリカと夕食をともにしたいと正面からイリヤに問われたときも、目をそらすようにして了解した。

母を手にかけたショック、苦しさや哀しみを見据えずに、復讐で心を満たして皇子宮に自分を閉じ込めたのと同じように。

だが、彼女はこうしてまっすぐに自分と向き合おうとしてくれる。

傷つくことを恐れず、危険にも飛び込んでいくように。

（もっと……信頼していいんだ、彼女を）

ホラス五世から渡された譲位書を思い返す。玉座へ至る道は見えたけれど支えてくれるものはなく、孤立無援と孤独感をつのらせていた。

むろん、アンジェリカにだって権力はない。しかしまっすぐな彼女なら、こちらが誠心誠意で願えば、きっと力を貸してくれるだろう。

「実は今日、父上に呼び出されたのは――」

意を決してエイベルは口を開く。

「次の皇帝の座を僕に譲位するという書類に、署名をするためだった」

「な……んですって⁉」

ばしゃりという水音とともに、アンジェリカの驚きの声が響く。

「とはいえ、議会の承認を得なければ即位はできない。現時点で議会を掌握しているのは、父の代理の皇后。そして彼女にはふたりの皇子がいる」

黙り込むアンジェリカにエイベルは淡々と語って聞かせる。

「議会に働きかけられるほどの力をもった貴族や皇族と、僕はつながりがない。父の代理を務める皇后には、敵対する貴族派から反発はあるが、いまのところ彼女に落ち度らしい落ち度もない。つまり……僕に味方するものは皆無なわけだ」

「でしたら……今回の公務が成功しなかったのはまずいのではありませんこと」

アンジェリカが慎重な声で返す。

「皇后陛下がこの失敗につけこむかもしれませんですわよ」

「かもしれないな。だが、鉱山の価値が保たれるのが最重要だ」

ふ、とエイベルは自嘲の息を吐く。話せば話すほど困難の度合いが増す気がした。

「せめて母上が生きておられたなら、と思う。慈愛深い母は領民に深く慕われていた。領地から有能な人材を探し、選びだすのも可能だったはずだ」

といってエイベルは口調を落とす。

「この話はまだ内密にしてほしい。知る者が少ないほうが危険も少なくなる」

「それは……もちろんですけれど……いまはどなたが殿下の領地の管理を？」

「本来は侍従長がその地位だが、僕に仕えるために皇子宮までついてきてくれた。その彼が任命した家令が管理を行っている。もともとは領地の屋敷の管理もしていた女性で、僕も見知っている。もう何年も会っていないが」

「一度、殿下のご領地を見に行きたいものでございますわね……」

考え込んでいるのか、アンジェリカの語尾が途切れがちになる。

「ミルドレッド殿下の車を試すためにも、運転の腕を上げるためにも」

「さすがに、そこまで長距離を君に運転させるのは恐ろしいな」

エイベルは緊張をほどき、小さく笑った。

見通しは限りなく悪いが、アンジェリカと話していると心が軽くなる。このまま話しつづけていけば、どこかで打開箇所が見つかる気がしてきた。

「だが、僕も久々に領地を見て回りたい。運転の練習がてら遠出してみようか」

「あと……そう、せっかく価値ある鉱山を……有効に……」

ふっとアンジェリカの言葉が途切れる。

「アンジェリカ？　どうしたんだ、アンジェ……って」

すぅ、という寝息が聞こえてきてエイベルは硬直する。

「ア、アンジェリカ⁉　アンジェリカ！　頼む、寝ないでくれ！」

必死に叫ぶが、しかし起きる気配は一向にない。エイベルは首筋まで真っ赤になり、ティモシー、と呼ぼうとして口元を手で押さえる。

だめだ、彼女の裸体をティモシーに見せるわけにはいかない。

く、とエイベルは奥歯を噛みしめ、控えの小部屋に通じる浴室の戸を開ける。

「殿下、もう出たんですか。それともお湯を足すんですか？」

ティモシーが聞きつけて、小部屋の扉を開けようとする。

「来るな！　アンジェリカの侍女を……いや、侍女長も呼んできてくれ！」

とっさに叫んでエイベルは小部屋に置かれたアンジェリカの着替えやタオルをかき集め、抱えて浴室に戻る。

「頼む、起きてくれ、アンジェリカ！」

「んにゃ……ん」

必死の呼びかけにも返ってくるのは寝ぼけ声。エイベルは焦りで真っ赤になりながら目をつぶって手探りする。宙をさまよわせる手に、つと彼女の肩が触れた。

（う、わ……！）

やわらかな肌にエイベルの顔がいっそう熱くなる。

だが、指先のざらりとした感触に、はっとエイベルは息を呑む。おそらくそれは、彼女の肩口についた傷痕だ。

〝……お見苦しいものはお見せしたくなくて〟

アンジェリカの声が耳朶に響く。エイベルは震える手を握りしめた。

（まったく、君というひとは）

「見苦しいわけがないだろう。いつだって僕の目には、君は……」

その先の言葉を思い浮かべて、はたとエイベルは声を呑んだ。

このとき、エイベルは初めて気がついてしまった。

アンジェリカへ向ける想いの一端、その感情をなんと呼ぶかということに。

◆

「あの、アンジェリカさま。ご朝食のお時間ですけれど」

朝陽に照らされるベッドで毛布をかぶり虫のように身を丸くするアンジェリカに、メルがおろおろと声をかける。しかしアンジェリカは「ううう」とうなるばかり。

昨日、エイベルと一緒に浴室に入るという暴挙だけでなく、重要な会話の最中に寝落ちしてしまったなんて、信じられない。

〝次の皇帝の座を僕に譲位するという……〟

驚愕の話だった。そしてエイベルを取り巻く状況はあまりにも芳しくない。

打開策をあれこれ考えているうちに、いい香りのするお湯の温かさ、たまりにたまった疲れのせいで、いつしか深く寝入ってしまった。

寝入ってしまったアンジェリカを、だれがどうやって湯船からすくい上げて自室まで運んでくれたのか、考えれば考えるほど顔が熱くなる。

（まさか、殿下に裸を見られた……ってこと⁉）

頭を抱えて毛布に突っ伏すアンジェリカに、メルが案じる顔で身をかがめる。

「エイベルさまも食卓でお待ちかと。ですが、具合が悪いならお断りを」

「いえ、いえ！　元気でございますですわ！　たっ、ただ、その」

ぐうう、と大きくアンジェリカのお腹が鳴った。メルがくすりと笑う。

「お元気そうでございますわね。では洗顔と着替えの支度を」

「ま、待ってメル……」

引き留めようとしたが、メルは急ぎ足で出ていく。

また、ぐう、とお腹が高らかに鳴った。

昨日の夕食は食べそびれたし、侍女長の作る美味しいご飯も恋しい。なによりも、ちゃんと顔を合わせてエイベルにお礼とお詫びをしなくては。

はああ、と深々と息を吐いて、アンジェリカはのろのろと起き上がった。

メルに手伝ってもらい、身支度を整えて食事の広間に向かうと、すでにエイベルは着席して薔薇茶を飲みながら、新聞――日刊マグナフォートを読んでいた。

「お……はよう、ございますですわ、で、殿下」

「……おはよう」

おずおずとアンジェリカがあいさつすると、エイベルは新聞から目を離さずそっけなく返す。紙面を追う彼は、眉をひそめてだいぶ難しい顔をしていた。

「あの、昨日は申し訳ございませんでしたわ。お話の途中で寝てしまうなんて」

「気になどしていない」

ますます返事がそっけない。助け船のように給仕をしていた侍女長がいった。

「姫さま、どうぞお座りを。昨夜はお夕食もお召し上がりになりませんでしたもの。ミルクたっぷりのお茶と焼き立てパンをどうぞ」

侍女長は嬉しそうにパンを盛ったかごをアンジェリカの前に出し、美しい彩りのサラダやチーズ、バター、ビスケット、ジャムなどを次々運んでくる。

「わあ、これ、これでございますわ」

思わずアンジェリカは恥ずかしさを忘れて歓声を上げた。

さっそく、香ばしい焼き立てパンにこってりバターとジャムを塗ってほおばる。旺盛なアンジェリカの食欲にたちまちかごのなかのパンは減っていく。

「美味しそうに召し上がる姫さまがお留守で、寂しゅうございました」

夢中で食べていると、侍女長がにこやかにいった。

「ええ、やはり皇子宮のご飯がいちばんでございますわ」

アンジェリカはもう開き直り、パンかごを空にする勢いで食べつくす。

ひと息ついて香り高い薔薇茶を口にしていると、エイベルが、す、と新聞をすべらせて寄越した。

「見てくれ。今朝届いたものだ」

わざわざいま見せるなら、なにか重要な記事が載っているはず。アンジェリカは緊張気味に手元に届いたそれを開く。

とたん、驚愕に大きく目を見開いた。

『若き革命家・イリヤ氏、道ならぬ恋のために皇国への亡命を希望』

――どういうこと⁉

思いもかけない見出しに手がわななくが、記事内容はさらに驚きだった。

『グラソンベルグ共和国の革命を導いたイリヤ氏が、議会政府から追われて皇国のクインシー男爵の元に避難。イリヤ氏は皇国への亡命とともに、幼なじみのアンジェリカ姫との結婚の約束を果たしたいと、強く希望している』

思わずアンジェリカは礼儀も忘れて大声で叫んだ。

「どっ、どういうことなの、これ！」

第六章　殿下は、わたくしをどうお想いですの？

「トビー、この記事はいったいどういうこと！」

　イリヤの記事が載った新聞紙を握りしめ、アンジェリカは『日刊マグナフォート社』に乗り込んだ。もちろん、男物の衣服と帽子で変装をしている。

「おう、ジェリ。久々だな」

　奥のデスクに足を乗せて座る編集長のトーバイアスが、呑気な声で返す。アンジェリカは憤りもあらわにバン！　と新聞をデスクにたたきつけた。

「なにが久々だ。この記事の出所はどこ！」

「そりゃもちろん、ご本人からさ」

「!?　ご本人って、まさか、イリヤ……に直接？」

　トーバイアスは立ち上がると、くいくいと指で招く。アンジェリカはむくれながらも、彼のあとについて編集長室に入った。

「で、その様子からすると、本当にイリヤと幼なじみってわけだな」

「否定はしない、けど結婚の約束なんてまったくしてない！」

外の編集部員たちに聞こえないよう声を抑えつつも、アンジェリカはきっぱり否定して、面白そうな顔をしているトーバイアスに詰め寄る。

「あんな与太話を載せるなんて、馬鹿じゃないの？」

「ウチをなんだと思ってるんだ。お行儀のいい政府広報紙じゃないんだぞ」

トーバイアスはにやにや笑いを浮かべる。

「スキャンダルに目がない民衆に大いにウケて、売り上げ倍増だ」

「こっちはものすごく迷惑なことになってるのに！　だいたい、どうしてイリヤがここに？　まさか……わたしが正体を隠して記事を書いてるって知ったから？」

「いや、皇国でいちばん広く知られている新聞がウチってことで、クインシー男爵の伝手で売り込まれた。安心しろ、おまえがここの記者だなんて話しちゃいない。皇族や貴族の醜聞の情報源をなくすわけにゃいかないからな」

トーバイアスの言葉にも、アンジェリカは腰に両手を当ててにらみつける。

「ほんとに困ってるんだから。明後日（あさって）には皇宮に参上して釈明しろと呼びだされてるし、エイベル殿下からはずっと避けられてるし、ああ、もう」

「後ろ暗いとこがなきゃ釈明ぐらい大したこたぁないだろ」

トーバイアスはいかにも面白いとばかりに笑いを返す。

「しかし焼きもちなんて、殿下も可愛いとこあるよなあ」

「焼きもち？　茶化さないで、そっちが派手に書くから誤解されてるだけよ！」

「どうかな。しかしイリヤがグラソンベルグの代表を殺したってのは、本当なのか」

苛立ちにうろうろ歩き回るアンジェリカに、トーバイアスが尋ねた。

「それは……ロブ代表の宿舎を最後に訪れたのがイリヤらしいから。状況だけなら彼が犯人でもおかしくない。ただ、目的がわからなくて」

「敵国破れて謀臣亡ぶ、ともいうぞ。平和な国に革命家は要らないってわけだ」

「それって……またグラソンベルグを不穏な政情に戻そうってこと？」

アンジェリカは足を止め、不信感もあらわに眉をひそめる。

「次の革命を起こしたいの？　でも代表を殺した革命家を、グラソンベルグが再び受け入れるとは思えない。イリヤは外国人でもあるもの」

「そういや、どうやってそいつは革命を成功させたんだ。おまえがいうとおり外国人だろ。下地がない土地でよくやれたな」

「イリヤの説明では、ロブ代表に雇われた傭兵だったたって。そこから才覚をあらわして、各地の抵抗運動を指揮するようになったらしいの」

「傭兵ねえ……」

トーバイアスは腕組みをして難しい顔になる。

「ジェリ。やっぱり、イリヤって男には気をつけたほうがいいぞ」

「なぜ？　もちろん、いくら幼なじみでも信頼なんてしてないけれど」

「おまえは聡いし知識も知恵もある。過酷な生い立ちのわりに誠実でまっすぐだ。それでも経験は足りないようだな。覚えとけ、傭兵はろくでもねえぞ」

太い人差し指をアンジェリカに突きつけ。トーバイアスはいった。

「傭兵ってのは基本的に金のために動く。護衛だって？　後ろ暗いことをさせるために雇ったに決まってるさ。グラソンベルグの革命では、貴族や王族は追放か処刑され、屋敷も焼かれたんだろ？　略奪もあったはずだな」

「イリヤが略奪を主導したっていいたいの？」

アンジェリカは大きく眉をひそめていい返す。

「でも、結果的に革命は成功した。困窮していた国民は重税から救われた。イリヤたちの活躍がなければ、民の苦しみはもっと長引いたはずよ」

「そうだな、貧しいものを放って旨い汁を吸っていたお偉方どもが財を奪われて追い出されても、自業自得だと国民も喝采したはずさ。俺がいいたいのは、だ」

ぼりぼり、とトーバイアスは不精ひげの生えたあごをかく。

「金で自分の信念や正義を左右させるやつは、ろくでもねえってことだよ」

アンジェリカは唇を引き結ぶ。体の陰でそっとこぶしを握りしめる。

「これからもあいつはウチを利用してくるぞ。下手に巻き込まれないようにしろ、よほどしたたかなヤツのようだからな」

引き出しから嗅ぎ煙草を取りだして嗅ぎながら、トーバイアスはいった。

「だけど、向こうが話を持ち込んだら記事にはするんでしょ」

「そりゃするさ。ウチも購読層を広げたいからな」

「トビーはだれの味方なのよ」

アンジェリカの問いに、トーバイアスは両手を広げる。

「俺はだれの味方でもないさ。金だけ握って汗水流そうともしない、いいご身分の奴らは好かないってだけでな。新聞社としてなら特ダネはありがたい」

むっとしてアンジェリカがきつくにらむが、トーバイアスは素知らぬ顔だ。

「……わかった。だったら特ダネを仕入れてくればいいわけね」

「ほう？　イリヤ以上の特ダネがあるのか」

興味を惹かれた顔で見上げるトーバイアスに、アンジェリカはにやっと笑い返す。

「特ダネを渡す代わりに、条件があるわ。それを聞いてもらえる？」

◆

「……今日も殿下は、お夕食を自室で取られると」

アンジェリカの自室の扉口で、侍従長が申し訳なさそうに一礼する。

「さようでございますか。姫さまにはそのようにお伝えいたします」

応対するメルも恐縮した声で答えた。

お伝えするもなにも、皇子宮の部屋はさほど広くないから、デスクでミルドレッド皇女からの手紙の返事を書いていたアンジェリカには筒抜けだ。

むむう、とアンジェリカは頬をふくらませる。

昨日の朝食で新聞を見せられて以降、エイベルには避けられていた。トーバイアスとの話を報告しようとしたのに、ずっと顔を見ていない。

明日にはもう、皇宮に参上して皇后に釈明をしなければならないのに。

「姫さま、お食事は広間で？　もしご希望ならお部屋でもよろしいかと」

メルがおずおずと尋ねてきた。

日刊マグナフォートの記事はすでに皇子宮のみなにも知れ渡っている。

腫れ物にさわるような扱いの居心地悪さに、アンジェリカは吐息をつく。

昨日はだだっ広い食堂の大きなテーブルで、侍従長と侍女長とメルの三人に見守られながらぽつんとひとりで夕食を取った。

あのいたたまれない気分を今日も味わうなんて、冗談ではない。

アンジェリカはことさらにこやかにメルに答えた。

「まだ手紙を書いている最中ですし、ここでいただきますですわ。手数をかけますけれど、こちらに運んでいただける？　そうだ、メルも一緒に食べましょう」

「え、いえ、わたしは姫さまに給仕を……」

「メルと食べたいのですわ。ね、お願い」

必死の顔のアンジェリカに、メルは「仕方ありませんね」と苦笑する。

「それでは、侍女長さまをお手伝いして夕食の支度をしてまいります」

メルは一礼して部屋を出ていった。アンジェリカはまた返信に取りかかる。

ミルドレッド皇女の手紙は今朝届いたばかりだった。

だから手紙の内容は、貸与している試乗車の乗り心地と、ミルドレッドの伝手で一緒に手掛けている被災民への配給事業についてだった。

投資に長け、王侯貴族たちに金も貸している彼女は、財をため込むだけでなく慈善事業もきちんと行っている。

純粋な善意というより悪評を避けるためだろうが、金に色はついていない。だから、ミルドレッドの国民からの人気は高かった。

（……きっと、イリヤのことはもう知ってるよね）

投資のために、彼女は世間の動向や情勢に目聡い。記事の翌日に届いたのも、暗に示唆されているようで落ち着かない。

返信の文章に悩みながら、エイベルの話を思い返す。

実効力の薄い譲位書では、彼が帝位につく道のりはあまりに困難だ。味方が少ないのをどう解決すればいいか。

資金と人脈のあるミルドレッドが協力してくれれば勝機はある。しかし、利に聡い彼女が勝ち目の薄いエイベルに力を貸してくれるだろうか……。

「……って、どうしてわたしを無視する彼のために悩まなきゃいけないの!?」

もう、とデスクにひじをつき、アンジェリカは悶々とする気持ちを持て余す。

たしかに、イリヤに対して罪悪感をずっと抱いていた。

だからといって彼に利用されるなんてたまったものではない。〝結婚の約束〟なんて事実無根な話を新聞で広められて、こうしてエイベルにも避けられている。

「そうよ、水のなかに投げ飛ばされたし！」

我慢しきれず、アンジェリカはデスクをこぶしでたたく。

ゴンドラのうえで後れを取ったのが返す返すも悔しかった。あのとき捕まえてグラソンベルグ側に引き渡していれば、いまのような状況にはならなかったのに。

いったい、皇国に亡命してなにをするつもりなのか。アンジェリカを巻き込んでどうするつもりなのか。トーバイアスから「巻き込まれるな」と忠告されたけれど、とっくに彼が起こした嵐に巻き込まれてしまっている。

はーあ、と吐息をついてアンジェリカはインク瓶にペンを戻し、考え込む。

「やっぱり、どうしても殿下と話をしないと……でも」

――こちらから働きかけるのも、癪に障る。

そのとき、コンコン、と部屋のドアをたたく音が響いた。

「どうぞ」といえばドアが開き、食事のワゴンを押してメルと侍女長があらわれる。

「アンジェリカさま、メルさんと一緒にお食事をとられるそうですね」

侍女長がにこやかにいった。

「わたくしが給仕いたしますから、おふたりで心置きなくお召し上がりを」

「恐縮ですとお断りしたのですけれど……」

ワゴンを押すメルが小さくなる。ふむ、とアンジェリカはあごに指を当てた。

「でしたら、侍女長さまもご一緒にいかがかしら」

「え⁉　いいえ、わたくしは夫と息子と食事をいたしますので」

「それなら侍従長さまと騎士さまが殿下とお食事なさって、わたくしたち三人で夕食にいたしましょうよ」

名案、とばかりにアンジェリカは人差し指を立てる。

「たまには女性だけでお話しするのも、いいと思いませんですこと？」

ということで、皇子宮所属女性夕食会が急遽開催された。

アンジェリカの自室のテーブルとワゴンを使って料理を並べ、別室から椅子を運び、三人は身分の差もなく同じ食卓を囲む。

「まったく、殿下にはいいたいことがもりもりにございましてですわ」

リベイクした温かなパンを半分にちぎり、バターをたっぷり塗ってアンジェリカは大きく開けた口に放り込む。

「あんな与太記事を鵜呑みにして、不機嫌になってしまわれるなんて！」

「殿下は、不機嫌になられているわけではないと思いますよ」

侍女長は品よく、ナイフとフォークでソースのかかった魚を切り取る。

「昔から自分のうちに抱え込んでしまわれがちな性分ですけれど、真実を見極めずに悪い感情を抱いたりする方ではございませんから」

「でも、一言でいいからわたくしに直接訊いてくだされればよろしいのに」

ぷんぷんしながら大きく切った肉にかぶりつくアンジェリカに、侍女長は返す。

「怖いのかもしれませんわね、殿下は」

意外な言葉にアンジェリカは目を開く。

「怖いって……たしかに慎重ですけれど、ちゃんと勇気のある方ですのに」

「アンジェリカさまのお気持ちをたしかめるのが、ですよ」

〝……焼きもちなんて、殿下も可愛いとこあるよなあ〟

ふいにトーバイアスの揶揄が思い出された。とたん、頬が熱くなる。

「もしや、わたくしがイリヤを想っているとでもお考えなの、殿下は？」

憤然として、アンジェリカは肉のソースをちぎったパンでぬぐった。

「幼なじみとはいえ、別れたのはわたくしが十歳かそこらでしたのよ。なにより、スラムでもノルグレンの王宮でも、だれかを想ったり想われたりできるような悠長な生活ではございませんでしたわ」

ソースの染みたパンに、ばくりとアンジェリカは噛みつく。

「機嫌をそこねたふりでわたくしが気にするように仕向けるなんて、腹立たしいですわ。ぜったいに折れたりいたしませんですわよ！」

「あ、あの、殿下はそのような方ではないかと……わたしも思います」

遠慮がちにメルがいった。

「ティモシーさまのような、誠実で優しい騎士さまが忠誠を誓っておられるんです。きっと殿下もお優しく、思いやりのある方ではないかと」

メルらしい一生懸命な言葉に、さすがにアンジェリカも口をつぐむ。

「夫婦というのは、花園をずっと歩くようにはまいりませんから」

侍女長の静かな声が、アンジェリカの部屋に響く。

「血を分けた家族ですら、争うのも当たり前。他人同士の夫婦が意見を異にしてぶつかっても当然でございますよ」

アンジェリカとメルは顔を見合わせる。

「侍女長さまも、侍従長さまとぶつかられたんでございますの？」

「たくさんありましたわ。若いころはけんかのときに怒鳴られて、腹が立つあまりにあのひとの頭をトレイでぶん殴ったこともございましたのよ」

おほほ、と笑う侍女長に、アンジェリカとメルは青ざめる。

「いまの上品でお優しそうなおふたりからは想像もできませんですわ……」

「若いときは、感情が先走って言葉が足りませんでしたから」

パン屑ひとつ落とさず、野菜の欠片ひとつも残さず、侍女長は皿を空にする。

「こちらが歩み寄るのは癪だとお思いなら、こうお考えになるのはいかがでしょう」

侍女長はほほ笑んで、ひと差し指を立てる。

「譲歩したほうが有利、なのだと」

「譲歩したほうが、有利？」

ぱちくりとアンジェリカは大きくまばたきをする。

「ええ、引いてもらったという負い目で、相手は強く出られなくなるものです」

「でも……弱いところを見せたら、つけ込まれてしまうのでは？」

「これは対立ではなく、歩み寄るための駆け引きですよ」

にこにこと侍女長は答える。

「こちらがゆずれば、きっと殿下は真摯に耳をかたむけてくださるはずです」

「……たしかに、一理ございますわね」

アンジェリカは指を唇に当てて考え込む。

「戦でもわざと引いて、向こうが誘われて突出して陣形が崩れたところをたたき、息の根を止める戦術がございますわ。それと同じでございますわね」

「ひ、姫さま……？」

物騒な発言にメルが困惑の声を上げる。

「アンジェリカさまも殿下も、せっかくご友人同士のような仲のよさですもの」

侍女長は優しく諭すように語りかける。

「〝夫婦〟と考えるより、同じ仕事に一緒に取り組む同志とお考えになるのは、いかがでしょう。役割のない、対等な伴侶は得難いものですから」

「……そういう、ものなのでございますかしら」

「夫婦や恋人の関係では、ときに愛を盾に、相手に癒しやなぐさめや、世話をさせることを強いてしまう場合が多々あります。すると、上下関係が発生してしまいます」

「え、上下関係？　恋人や夫婦なのに？」

「人間、どうしてか世話をしてくれる相手を下に見がちなのです、哀しいことに。ですから……いまのおふたりの関係を大切になさるのもひとつの手かと」

侍女長の言葉にアンジェリカは目を宙に向ける。

「同じ仕事に取り組む同志……か」

◆

深夜の私室の窓辺から、アンジェリカはこっそりと暗い庭へ降り立つ。

着ているのは外にも出られる部屋着。足元も軽いサンダルだ。その格好でアンジェリカは素早く建物を回り、皇子宮の裏手、エイベルの自室前までやってくる。

芝生に落ちる光を見れば、彼はまだ起きているようだった。壁に貼りつき、はあ、とアンジェリカは息を吐く。

「譲歩は有利、譲歩は有利……よし！」

侍女長の言葉を自分にいい聞かせるように繰り返すと、足を踏みだす。

——ん？

部屋のベランダにだれかの影が見え、はたとアンジェリカは足を止めた。人影は身をかがめたり、細かく手を動かしたり、ベランダを往復したりしている。

ぼう然と見ていると、人影はアンジェリカに気づいてはっと動きを止めた。

「な……っ⁉　君か、こんな深夜になにをしている」

「あ、あの……殿下こそこんな夜中に、なにをなさってるんですの？」

困惑もあらわにアンジェリカは問い返すと、ぼそりとした声が返った。

「……ベランダを掃いている」

掃き掃除⁉　いまするること？　深夜にベランダを掃くとか⁉

そう反論しかけて、もしかして自分を待っていたのではとアンジェリカは思い直し、こほん、と咳払いして口を開く。

「実は、その、明日の皇后陛下への釈明について殿下にご相談したくて、深夜ですけれどお訪ねいたしましたんでございますわ」

「正面から訪ねてくれてもよかったのに、つくづく君は……」

箒(ほうき)を片手に持って、エイベルは手すり越しにもう片方の手を差し伸べる。

「今後ベランダには、階段かはしごでもつけるとしよう」

「わたくしが訪ねるのが前提でお話ししてません？」

むっとしつつも、アンジェリカは差し伸べられた手をしぶしぶ握る。

即座に力強い手が、アンジェリカをぐいと引き上げた。

涼しげで美しい容貌からは意外なほどのたくましさと、握り合う手の大きさに、アンジェリカは一瞬どきりと心臓が鳴った。

（だ、だから、そういうのを気にしている場合じゃないってば）

　動揺を必死に抑え込み、アンジェリカは彼の部屋に足を踏み入れる。

　デスクには積まれた書類とともに、ハサミと裾を切られた古着と、作りかけのカラフルなハタキが置かれている。皇子宮には予算が増えたのに、いまだ皇子自らハタキを自作なんて清貧もいいところだ。

　本当に掃除が趣味なんだなあ、お掃除皇子……とアンジェリカは眺めやる。

「厨房（ちゅうぼう）はもう火を落としただろう。茶はないが、果実酒でよければ」

「いえ、急にお訪ねしたんですもの、おかまいなくでございますわ」

「僕が飲みたい。一杯だけでも付き合ってくれれば助かる」

　といってエイベルは棚を開き、杯を取りだして酒をそそいだ。

　アンジェリカは戸惑いながらも杯を受け取り、ソファに腰を下ろす。エイベルも向かいに腰を下ろし、アンジェリカが飲む前にくいと杯をあおる。

　戸惑い気味にアンジェリカも杯に口をつけた。

「ん？　美味しい！　食前酒はたまにいただきますけれど、お酒ってとても美味しいものなのですわね。それとも皇国のお酒が素晴らしいということですかしら」

「君は……酒が飲めるほうなのか」

「飲めるかどうかはわかりませんですわ。だって皇国で食事をいただくようになってから初めて飲むようになったんでございますもの」

　思いがけず美味しい酒に、アンジェリカは機嫌がよくなる。対照的にエイベルは楽しむどころか渋い顔で一気にあおり、はあと息をついた。

「……明日、皇后にどう弁明するつもりだ」

「やっと尋ねてくださいましたのね。こんな深夜になって」

　アンジェリカはむっとした顔になる。

「もちろん、後ろ暗いところなどひとつもないと申し上げますわ。というか、もう明日というときになってそんなことおっしゃるなんて」

　ちびちび飲んでいた酒を、アンジェリカは腹立ちにまかせて一気に飲み干す。

「もしかして、君は拗ねているのか」

「当然でございましてよ！　っていうか、怒っていますの！」

　アンジェリカは杯を持った手を振り上げる。

「明日わたくしが弁明してるとき、知らんぷりをしているおつもりでしたの⁉　あんな与太記事を真に受けて怒って無視して、ひどすぎますですわ！」

　酒の勢いもあってアンジェリカはまくしたてる。エイベルは無言で聞いていたが、ふいに深々と吐息をついた。

「……君に怒っていたわけじゃない」

眉間をもむように指を当て、エイベルは目を閉じる。

「自分ひとりになって考えたかった。感情をなだめるのに時間がかかったんだ。君には……すまないことをした」

あまりにも素直な吐露に、アンジェリカは怒りが急にしぼむ。

「え、いいえ、わたくしも感情にまかせすぎましたですわ」

しおしおとして、アンジェリカはうつむくエイベルを見やった。目を伏せる彼の美しい顔にはいつもの冷静さはなくて、痛ましいほど消沈していた。

憂いの翳り(かげ)を帯びる美しい面に、アンジェリカはぎゅっと胸が痛む。

「ここのところ……お互いに謝ってばかりでございますですわね」

「そうだな。言葉も、会話も足りなかった」

吐息のように答えるエイベルに、アンジェリカはいっそう胸を刺される。

「あの！　あの記事は事実無根でございますわ」

思わず腰を浮かせ、アンジェリカはいいつのった。

「結婚の約束だなんてとんでもない。イリヤとは本当に単なる幼なじみで」

「わかっている。君はまっすぐなひとだ」

エイベルは息をつき、押しとどめるように片手を挙げた。

「だから、もしも彼を想っていたなら、君は僕と初めて対面したときそういっていたはずだ。ノルグレンにも皇国にも、君は義理も恩義もないからな。僕との……」

ほんのわずか、エイベルはいいよどむ。

「僕との結婚に、なんの興味もなくても」

「それは……ええ、たしかに、そうでした、けれど」

戸惑うアンジェリカが言葉に迷うと、エイベルは目をそむける。

「君の心情がどうということじゃない。ただ、僕はあの男に憤りを……」

ふいにエイベルの手から金属の杯がすべった。

がしゃん、と床に落ちる音が響くと同時に、ぐらりと彼の体が前のめりになる。はっとアンジェリカは腰を浮かせた。

「でっ、殿下⁉　どうなさいましたの！」

「……なんでもない、だいじょうぶだ」

エイベルは膝にひじをつき、額を手で支えて倒れそうな自分をこらえながら、もう一方の手を挙げてアンジェリカを押しとどめようとする。

「少し、酔いが回っただけだ」

「酔い？　だって、たった二杯ほど飲んだだけでございますわよ」

「夕食後からずっと……飲んでいた。この二日ばかり、寝ていなかった、から」

エイベルはひじ掛けをつかみ、苦しげな顔で息を吐いた。もう見ていられなくて、アンジェリカは駆け寄って彼の腕を取って支える。

「ベッドで休まれてくださいませ。とてもだいじょうぶな顔ではございませんわ」

「だめだ、明日の皇后への釈明について話を」

「どうとでもなりますわよ、そんなもの」

アンジェリカは無理やりエイベルを立たせて肩に腕を回すと、部屋の隅のベッドまで連れていき、そこに横たわらせた。

「あんな……剣幕だったのに。それほど、僕と話をしたかったのでは」

「怒っていたからですわ。話をしたいというのは口実でございましてよ」

頭が冷えてアンジェリカは自分の行動を振り返られるようになっていた。

「先ほどもいいましたとおり、こちらに後ろ暗いところなどなにもございませんもの。皇后陛下になにをいわれても、動じたりいたしませんことよ」

「ならば……僕も君の答弁を全力で肯定する」

ぐったりと枕に頭を沈めながら、エイベルはつぶやく。

アンジェリカはエイベルの部屋履きの靴を脱がせ、喉元まで閉まる部屋着の襟をゆるめてやり、なんとか毛布をかけてやった。

「こんな……ところを、君に見られるなんて、情けない」

「なにをおっしゃいますの。いまさらでございますですわ」

ぐったりと目をつぶってつぶやくエイベルに、アンジェリカは苦笑する。

「わたくしが浴室で寝入ってしまったとき、殿下はわたくしを引き上げて部屋まで運んでくださったんでございま……」

といったところで思いだして、カッとアンジェリカは真っ赤になった。

「そ、それではわたくしはこれで戻りますわ。明日の朝食はぜひご一緒に」

ベッド際を離れようとして、足が止まる。

振り返るとエイベルの手が、アンジェリカの部屋着の袖口を握っていた。まるで幼子が遠慮がちに甘えるようで、思わず息が詰まる。

「すまない、少し、だけ……」

「……エイベル、殿下」

エイベルの手から力が抜けて、ぱたりとシーツのうえに落ちる。アンジェリカは向き直り、ベッドの端に腰かけて力ない彼の手を静かに握る。

その手は冷たくて、ベランダで自分を引き上げた力強さがうそのようだった。

〝……役割のない、対等な伴侶は得難いものですから〟

侍女長の語る、優しいながら実感のこもる声を思い返す。

〝愛を盾に……強いてしまう場合が多々あります〟

——愛。

エイベルの手に自分の手を重ねて、アンジェリカは考える。

自分が愛情を抱くのは、離れ離れになった祖父であり、付き添って世話を焼いてくれるメルだった。

よそ者だった自分を温かく迎えてくれた侍女長や侍従長にも、尊敬の念を抱いている。いつも明るいティモシーだって好ましい。

では、エイベルには？　彼にはどんな想いを抱いているのか？

メルへ向けるような親愛？　侍女長や侍従長たちへ抱く敬愛？　ティモシーに対するような友愛？　どれだろう。どれも違う気がした。

いつだって冷静で、冷徹。けれど冷酷ではない。アンジェリカを澄まし顔でからかったりもする。一緒に作戦を立て、行動するときは、驚くほどに息が合う。

彼とともに疾走する一瞬を思い返すだけで胸が躍る想いがする……。

エイベルの寝顔には、ふだん見せる凜々(りり)しさでなく、幼子のようないたいけさがあった。母を手にかけ、自身をこの皇子宮に閉じ込めたときからずっと、彼のなかには傷ついた十三歳の少年の心が消えていないのかもしれない。

彼の不憫(ふびん)な少年期を想い、アンジェリカはその手を握る手に力をこめる。

……ふとそのとき、胸に疑問が浮かんだ。

(領地の屋敷に襲撃者が侵入して、お母さまは殺されたのよね)

なぜ、エイベルは母とふたりきりだったのだろう。瀕死(ひんし)の母を手にかけるなどしなくても使用人に命じて助けを呼ぶか、手当てをするかできたはず。

十三歳は幼くはないが、といって成年ではない。そんな少年と体の弱い母親をふたりきりで屋敷に置いておくなんて、あまりに不自然だ……。

考えているうちにエイベルの寝息が規則正しくなる。どうやら深く寝入ったようだ。重ねる手も温かくなっていた。

ふっと、エイベルへの想いの名に悩む心地がよみがえる。

(逆に、殿下はわたしをどう想ってるの？)

「といっても……わたしの裸に触れてなんともないようなひとだもの」

む、とアンジェリカは唇を尖(とが)らせる。

腹立ちまぎれにつんとエイベルの頬を人差し指でつつく。

んん、とエイベルは寝ぼけた声を上げるが、また安らかな寝息を立てる。その顔が少年のようで可愛くて、アンジェリカは立ち上がれない。

夜が静かにふけていく。いつしかアンジェリカはエイベルの隣に横たわり、深く寝入ってしまっていた。

◆

皇宮に向かう馬車のなかで、アンジェリカは緊張気味に座っていた。

向かい側にいるのは、美々しく正装したエイベル。

彼は腕組みをしながら外を眺めている。皇宮の敷地は森に囲まれていて、窓の外は夏の緑が美しい。

だが、ふたりのあいだにはどうにも居心地の悪い沈黙がただよっていた。

その居心地の悪さに、うう、とアンジェリカはうなる。

いくら真夜中に訪ねたからといって、まさかエイベルのベッドで眠ってしまうなんて。しかも目覚めたら彼の姿はなくて、こちらの体には毛布がかけられていた。

あわてて自室へ戻って、なぜか嬉しそうなメルに身支度を手伝ってもらい、朝食の広間に行けば、侍従長と侍女長までいつにも増してにこやかだった。

エイベルもぎこちなかった。朝食の席では「お……はよ、う」という言葉ひとつすらつっかえて、ふだんの冷静さはどこにもなかった。

ぎくしゃくして会話もないまま、侍従長や侍女長、メルたちに嬉しそうににこにこと見守られ、砂のように味がしない朝食をなんとか呑み込んだと思ったら、ティモシーがやってきて、喜びの声でこういった。

「殿下、アンジェリカさま、おめでとうございます！」

なにがおめでたいのかとメルにあとでこっそり尋ねればこう答えられた。

「おふたりがようやく、初夜をお迎えになったことですよ」

うわあ、とアンジェリカは顔を手で覆う。

とんでもない誤解に身もだえしそうだ。勝手に真夜中に押しかけて、文句をいい立てたあげく一緒のベッドで眠っていたという、真実はあまりに失礼な話なのに。

いたたまれない沈黙を乗せて馬車は森のなかを抜け、皇宮の金の門をくぐり、馬車回しへと進んでいった。

「こちらでお待ちくださいませ。皇后陛下は間もなくお見えになります」

皇宮執事に案内されたのは、グラソンベルグの公務に出る前に通されたのと同じ部屋だった。しかし今回はアンジェリカとエイベルしかいない。

皇宮執事が茶菓子を出して下がり、ふたりきりになる。どちらも壁の絵画を見やったり、調度品を眺めたりとそわそわ落ち着かない。

「……その、アンジェリカ」「あの、殿下」

思い切って顔を上げれば声がかぶった。

「あ、あの、殿下からどうぞ」「いや、君から」

もだもだと何度かゆずり合ってから、エイベルが固い口調でいった。

「昨夜は、見苦しいところを見せた」

「え⁉ いえ、あの、それはわたくしもでございますわ」

「朝食の席で謝罪すべきだったが、みなの目があったのでできなかった」

「でっ、殿下はなにも謝られることはございませんわ。わたくしこそ……」

アンジェリカは赤絵具に頭から突っ込んだように真っ赤になった。

「昨夜だけでなく、いくら殿下がわたくしの裸なんかに興味がなくてもお見苦しいものをお目にかけてしまったことも、心から申し訳なく思っておりますですわ」

「なっ……？」

エイベルが心外そうな声を上げる。

「君こそ深夜に僕の部屋をひとりで訪ねるだけでなく、隣で熟睡するとは意外だった。いくら僕を男と見ていないからといっても、そこまで大胆だとは」

「ええ!?　そういう問題ではございませんこと？」

むむむ、とふたりはにらみ合って黙り込む。

「しかし……遅いな」

ややあって、エイベルがぽつりとつぶやいた。たしかに、間もなくといわれてから音沙汰がない。アンジェリカは落ち着かず、席を立って扉に近寄る。

耳を澄ませば、バタバタと廊下の向こうを走る音が聞こえてきた。

「なにかあわただしいですわ。いったい、何事かしら」

といったときノックの音が響いた。

びくっとしてアンジェリカは扉から離れ、急いで席につく。エイベルが「どうぞ」と答えると、こわばった顔の皇宮執事があらわれた。

「緊急の知らせが入りまして、皇后陛下はしばし遅れるとのことでございます」

「なにがあった。もしや、僕らに関係があることか」

「実は……例のイリヤという男が」

皇宮執事が白い眉を震わせ、緊迫の声で告げた。

「マグナイト鉱山で労働者を扇動し、暴動を起こしているそうです。皇后陛下は暴動鎮圧のために、軍の派遣を軍務大臣に命じられました」

思わぬ報告にアンジェリカはソファから立ち上がり、エイベルもソファのひじ掛けを握りしめて腰を浮かす。

そんなふたりに、皇宮執事は目を伏せて重苦しい口調で告げた。

「間もなく皇后陛下は、軍務大臣と各大臣の副官とともに臨時会議を開くことになっております。その場において、おふたりに事情をうかがいたいと」

第七章　やましいことなど、ひとつもしておりません！

思いもよらぬ大事態になった。

皇宮の大広間にアンジェリカとエイベルが足を踏み入れると、あわただしい招集にもかかわらず官僚たちはすでにそろっていた。

ふたりは壇上に近い席に案内される。警固の兵士が壁際に並んだ。

「皇后陛下、軍務大臣のお見えにございます」

皇宮執事の呼び出しとともに、ヘロイーズ皇后と軍務大臣があらわれた。

前の軍務大臣は、アンジェリカとエイベルの活躍で陰謀が暴かれて失脚した。後釜の彼は、皇后が抜擢して任命したまだ若い子爵。

金髪で見目の良い軍務大臣は、皇后に寄り添って入室してくる。若くて、階級はさほどでもない、金髪の美青年。クインシー男爵を思い出させる容姿。皇后の好みはまったくわかりやすい。

「緊急の呼び出しにもかかわらず、みなには足労を感謝します」

皇后が広間の壇上に腰を下ろすと、そのかたわらに立つ若き軍務大臣が口を開く。

「すでにお聞き及びかと思いますが、皇都近郊のマグナイト鉱山にて、革命家を名乗るイリヤという男が、労働者を扇動して暴動を起こしたとの報が入っております」

〝イリヤ〟の名に、アンジェリカの胸の奥がずきりと痛む。

「鉱山の機器を壊し、居住地に火を放ったという報告です。急を要する件でしたので、皇后陛下のご一存により、わたくしの命令で軍を派遣いたしました」

「……傀儡(かいらい)だな」

隣でエイベルがぽつりとつぶやく。アンジェリカもすぐにその意を察した。

この若い軍務大臣は、皇后が自分の要望を通すための人形だ。皇帝が長く病床につき、皇后に逆らえるものはだれもいないのがよくわかる。

「本来ならば、この会議は各大臣を招集して開くべきであります。しかし貴族のみなさまは、そのほとんどが本格的な夏を前にご領地へ避暑に向かわれ、皇都にはご不在。ゆえに副官のみなさまにお集まりいただいたしだいです」

軍務大臣のはつらつとした声が広間に響くと、ひとりの副官が腰を上げた。

「すでに軍を派遣しているのなら、この会議の目的はなんです」

発言したのは老練そうな男だった。官僚なら下級貴族か富裕な平民だろうが、皇后の前で求められずに自分から発言するとはなかなか豪胆だ。

「軍が暴動を収め、イリヤを捕らえれば終わりとはいかないのです」

軍務大臣が張り切った様子で答える。

「もしもイリヤを逃せば、再び暴動が起きかねません。彼は逃亡のすべには長けていますからね。グラソンベルグのときのように」

ちくりとした言葉に、アンジェリカはむっとなる。エイベルも鋭いまなざしを向けた。軍務大臣は素知らぬ顔で話をつづける。

「ゆえに、鉱山の警護だけではなく、国内の不満分子の取り締まり、イリヤの協力者のあぶり出しを行う必要があります。グラソンベルグでも、彼は富裕な商人や学者などの有力者や上流階級に取り入っておりました。我が国でも……」

ちら、と軍務大臣はアンジェリカに向けてほくそ笑む。

「王侯貴族のご婦人をたらし込んでいても不思議ではない。なんでもたいそう、魅力的な御仁だという話でありますからね」

堂々たる当てこすりに、アンジェリカはますますむかむかしてくる。

「王侯貴族への捜査のためにも皇室の権限を強化せねばなりません。しかし現在、陛下は明日をも知れぬ容態となってしまわれました」

「持ち直されたとうかがっておりましたが」

副官のひとりが不審そうに発言すると、軍務大臣は痛ましげに首を振る。

「たしかに一時、快方に向かわれたかと見えたのですが……先日、皇后陛下とご対面して以降、目を開けることすらできなくなってしまわれたのです」

「軍務大臣、ここからはわたくしが話しましょう」

皇后が口を開き、軍務大臣は一礼して脇に下がる。ヘロイーズ皇后は壇上で腰を上げ、一枚の巻物を広げてみなに指し示した。

「これが、皇帝陛下より署名をいただいた書面。わたくしの産んだ第二皇子に、次代の皇帝の座を譲位するとの内容です」

(なんですって⁉)

アンジェリカは耐え切れず身を乗り出した。エイベルも強く息を吸い込む。場に集うひとびとも大きくざわめき、動揺した顔を見合わせた。

「陛下のご容態からするに、立太子の式を行う猶予はありません」

固唾を吞むひとびとのうえに皇后の声が流れていく。

「憲法学者と歴史学者の話では、過去に式を経ずとも皇位についた皇子の例はあるとのこと。そして我が息子はまだ幼い。ゆえに」

皇后はまるで神からの託宣のように書面を掲げ、堂々と宣言する。

「成人まで皇后であり皇太后となるわたくし、ヘロイーズが政権を代行します」

ざわめきが一気に大きくなった。とんでもない、独断専行だ、正式な摂政を立てるべきだとの声が大広間を揺るがせる。

「皇帝陛下のご意向を無視するつもりはありません。ですが」

副官のひとりの若い男性が立ちあがり、エイベルを片手で指し示す。

「通常であれば、第一皇位継承権はエイベル殿下にございます。議会の審議と承認もなしに皇位継承と政権代行を宣言するのは、いかがかと」

アンジェリカはそっとエイベルに身を寄せてささやく。

「官僚のなかにも殿下のお味方がいるようでございますわね」

「いや、僕の味方というより、皇后への反発だ」

「それでも殿下のお立場を利するのには間違いありませんですわ」

一方、副官らの抗議の声はさらに高くなる。だが皇后は冷静にいい返した。

「我が息子が皇位を継ぐこと、そして皇后であるわたくしが代わりを務めることは、まさに皇帝陛下の強いご意志にほかなりません」

「しかし……！」

「なにより、エイベル皇子は皇位を継ぐには不適格です。なぜなら」

副官の抗議をさえぎり、皇后は強くいった。

「彼の伴侶には、暴動の首謀者であるイリヤとの共謀が疑われるからです」

場の視線が一斉にアンジェリカに集まる。

思わずアンジェリカは立ち上がろうとした。

だが腕をつかまれて抑えられる。はっと目をやればエイベルが小さく首を振る。奥歯をきつく嚙みしめ、アンジェリカは座り直した。

「当然、配偶者たるエイベル皇子にもその疑いはかかっています」

皇后は悠然と話をつづけた。場のみなは、反論を封じられたように黙って耳をかたむけるか、あるいは隣同士でひそひそ語らっている。

「捜査が済むまで、当面ふたりは皇室公務より外します。皇子宮にて休養を」

皇后はアンジェリカとエイベルを見下ろし、威厳ある声で告げた。

「よいですね、エイベル皇子、アンジェリカ姫」

「……よいもなにも、ずいぶんと一方的だ」

エイベルが静かに口を開く。

「父上のご意志には従いたく思う。だが、そちらの論拠となるのはたった一枚の書面。しかも署名が本物かどうかも判別しがたい」

「皇后であるわたくしを疑うというのですか」

「陛下のご意志を明確に確認できないいま、譲位は慎重に行われるべきだ。それにアンジェリカ姫を疑うようだが、イリヤの身元引受人はクインシー男爵。彼についての捜査はどうしている。彼はあなたが抜擢した人材だ」

「むろん、彼も捜査対象となるべきです」

「では、その捜査が終わるまであなたも疑惑の対象だ」

エイベルは鋭くたたみかける。皇后は小さく唇を噛んだ。

「この捜査のあいだに、僕はそちらの譲位書の筆跡鑑定を要求する。なぜなら」

場に集うひとびとを打つように、エイベルの声が響き渡った。

「第一皇子である僕にも、父の意志を託された書面があるからだ」

「……殿下!?」

アンジェリカが上げる声をエイベルは目顔で抑え、言葉をつづける。

「その書面がどんな内容か、父の意志がどのようなものか。僕に何事かあれば公開されるようにしかるべき人物に委託しているが、いまのこの場では秘匿する」

一瞬、場が静まる。だが即座に大きなうねりにも似たざわめきが起こった。皇后も意表をつかれた顔で目を見開き、壇に置いたこぶしを震わせる。

「公平を期するために、僕らも捜査のあいだ蟄居するのを受け入れよう。皇都における捜査の邪魔にならないよう、皇子宮でなく、僕の領地にて蟄居をする」

エイベルの強い声が、広間に響き渡る。

「公明正大な捜査が行われることを、皇位継承権を持つ第一皇子として、司法と軍務大臣には大いに期待している」

◆

「エイベル殿下。なぜ、領地での蟄居を？」

息詰まる会議が終わり、皇子宮に到着してエイベルが差しだす手につかまって馬車から降りながら、アンジェリカは尋ねる。

「なにか領地で調べたいことがおありでございますのね」

「そのとおり。滞在できる機会を得られたのは幸運だ」

〝なぜ、エイベルは母とふたりきりだったのだろう……〟

先に抱いた疑問が、アンジェリカの脳内をかすめる。

「もしかして……お母上の死因の真相も調べるおつもりでございますの？」

エイベルはわずかに言葉を呑むが、すぐに息をついた。

「まったく察しがいいな。鉱山の視察が主目的だが、可能なら調べ直したい。……あのときショック状態だったのか、僕の記憶にはあいまいな箇所がある」

「現場に戻ればなにか思いだすかもしれない、と？」

エイベルは沈痛な面持ちでうなずく。いまだ血のにじむ傷口を抱えているような表情に、アンジェリカは自分も胸がぎゅっと痛んだ。

「明後日には領地へ旅立たなくてはならない。その前に今後について話し合おう」

「ええ、ぜひ。皇后への対抗手段を考えなくてはですわ」

重苦しい空気を跳ねのけるために、アンジェリカはぐっとこぶしを握る。

「釈明もさせずに疑いをかけるなんてあり得ませんわ。こちらが無力だと勝手に決めつけてる、あの澄ました鼻を明かしてやろうじゃございませんの！」

エイベルは呆気に取られた顔で見ていたが、ふっと笑った。

「そのこぶしを皇后の鼻に食らわしそうだ」

「あら、そんな野蛮をゆるしてくださるんでございますの？　ゆるしてくださるなら、スラム仕込みの見事な一撃をお目にかけますですわよ」

「……君と正面から殴り合いをするのだけは避けよう」

「腕力で負ける気はいたしませんですわ、って皮肉でございますの？」

く、と小さく笑うエイベルをアンジェリカはこづく。

ふたりのあいだにあったわだかまりは、いつしか溶けるように消えていた。


夕食をエイベルの部屋に運び、ふたりは話し合いを開始する。

メルやティモシー、侍従長や侍女長からも、「早速仲のよろしいことで」とあらぬ誤解で見送られたが、弁明する暇も惜しかった。

エイベルが皇帝の署名入りの譲位書を持っているとは、ふたり以外にはまだ知られたくない。とはいえ計画次第では協力を仰ぐつもりだった。

「ご領地のアージェントンは皇都からどれくらい離れていますの？」

丸テーブルに地図を開き、パンに肉と野菜を挟んだものを頬張りながら、アンジェリカは向かいに座るエイベルに尋ねる。

「馬なら半日、馬車なら朝に発って夜に着く程度だが……もしかして君は、まだ車で行くことを考えているのか」

「だって、車ならもっと早く着くんじゃございませんかしら」

地図上で、アンジェリカは皇都からエイベルの領地までを指差す。

「馬車で行けるなら、道はある程度整備されているんでございますわよね」

「たしかに片道は行けるが、マグナイトオイルの補給ができない。補給場所がまだまだ整備されていないからな」

ふむ、とアンジェリカは指をあごに当て、トン、と地図の一か所を指差す。

「でしたら、鉄道の駅で補給するのは？　同じマグナイトオイルでございますもの。少し遠回りですから帰りも補給する必要がございますけれど」

「どうしてそこまで車にこだわる？」

「移動手段は多いほうがいいかと思いますの」

あぐ、とパンにかぶりつき、アンジェリカは答える。

「もしもなにかあって馬車や馬を封じられても、車があればと」

「領地のアージェントンは郊外で静かな土地だ。領主の僕が不在なのに家令はよく治めているし、問題も上がってきてはいない。それでも？」

アンジェリカはこくりとうなずく。エイベルは考え込み、自分も肉と野菜を挟んだパンを上品にぱくりと食べて、地図に指を伸ばす。

「ならば、駅まで車で行ってそこに預けることにしよう」

「いいですわね！　これで車が運転できますわ！」

「やはり車が運転したかっただけか」

やった、とばかりに両手を挙げるアンジェリカを、エイベルは揶揄する。

「否定はいたしませんですわよ。せっかくの最新技術でございますもの」

ふと、アンジェリカは得意げな表情を収める。

「それにしても、皇后陛下はやけに焦っているようでございますわね。やり方が強引すぎて、拙速、といっても差し支えないくらいですわ」

「……それだけ、父の容態が危ないということだ」

エイベルは暗いまなざしを背後のデスクに向ける。その上には封蠟付きの紐で結ばれた巻物が置かれていた。いうまでもなく、皇帝の署名が入った譲位書である。

しかるべき人物に書面を預けたというのは、エイベルのはったりだった。

もし皇宮で拘束されれば、そのあとの身動きが取れなくなる。皇后もはったりと薄々わかっていても、万が一を考えたはずだ。

「皇后のあの書類、本物でございますかしら」

「どうだろうな。僕が見舞ったとき、父上は起き上がるのも無理だった。皇后が焦っているなら、書類の偽装もやりかねない」

エイベルはアンジェリカの分もサンドイッチを作りつつ、口を開く。

「僕たちには味方があまりに足りなすぎる。ほぼ皆無といっていい。広間で見たように皇后への反発を抱く官僚はいるが、貴族や皇族は皇后側が大半のはずだ」

「彼らにしがらみがないからこそ、民の立場に立てると思うのですけれど」

アンジェリカはパンを手に、エイベルを見つめる。

「やっぱり、ミルドレッド殿下にお力添えを頼むのはいかがですかしら」

「ミルドレッドに？」

エイベルは気が進まないように眉をひそめる。

「功利主義な彼女が、僕らのような弱小の陣営に味方をするはずがない」

「でも、豊富な人脈や資金を持つ彼女がこちらについてくださったなら、充分皇后に対抗できるはずでございますわ」

「豊富な人脈と資金を持つならなおのこと、資産を損なうような道を選ぶとは思えないな。しかも彼女は皇后と協力関係にある」

「もう、どうしてそう後ろ向きなんでございますの？」

「現実的だといってほしい。……だが」

サンドイッチを噛みちぎり、エイベルは青い瞳を小さく輝かせる。

「そうまでいうなら、君には勝算があるわけだな」

「たぶん、殿下も同じことを考えてらっしゃるんだと思いますわ」

アンジェリカは意味ありげに言葉を区切る。

「マグナイト鉱山、ですわよね。だから視察に行かれるんでしょう?」

「……切り札としてはそれくらいだからな」

アンジェリカはあごに指を当て、うーむとうなる。

「率直に申し上げるなら、鉱山だけでは足りないかと。吝嗇ならば飛びつくでしょうけれど、残念ながらミルドレッド殿下はとても品のいい方でございますし」

「気取り屋といいたいわけだな。たしかに、ただ富を肥やすことのみを好むなら楽だろうが、彼女はあさましさとは無縁の顔を装っている」

皮肉をさらりと口にして、エイベルは物思わしげに美しい眉をひそめる。

「領地へ行く前に彼女との面会が叶(かな)えられないのは悔やまれるな」

「捜査中にほかの皇族や貴族と接触するのは禁止されてしまいましたものね」

アンジェリカとエイベルが皇都を離れているあいだ、皇后は自分の勢力を強化しようとするはずだ。筆跡鑑定も正しい結果が出るとは思えない。

それでも、ここでは門衛すら皇宮から派遣された人員。まだ、エイベルの母を慕っていたという領民たちが住む土地のほうが安心だ。

「ミルドレッド殿下が皇后に与しているのは、やはり……俗ないい方になってしまいますけれど、権力欲からでございますかしら」

アンジェリカはサンドイッチを食べ終わり、デザートの果物にフォークを刺す。

「だろうな。女子は皇帝にはなれない。皇国において女性が財産を築くのも難しい。領地を受け継いでも結婚すれば夫のものになる」

エイベルも食べ終わり、冷めてしまった薔薇茶をカップに注ぐ。

「皇后ですら、皇帝の伴侶か皇帝の母親か、どちらかの立場でしか限定的に政治にたずさわれないし、立場も保障されない。いまのヘロイーズ皇后の権勢は、皇帝代理という名目を得ているからにすぎない」

「なんてつまらないんですの」

アンジェリカは憤然として果物にフォークを強く突き刺す。

「野蛮といわれるノルグレン王国でさえ、女性が豪族の頭領だったり、閣僚として任命されたりしておりますですのに。女性皇族が皇帝になれないのは、なにか理由があるんでございますの？　古くからの慣習というだけ？　例外は？」

「過去には女帝もいたが、いずれも男子の皇帝のためのつなぎだ。結婚で家の領地が相手方に渡るのを嫌い、女性の所有財産も制限されている」

「時代遅れもよいところでございますわね」

ぷん、とアンジェリカはふくれて頬杖をつくが、はたと身を起こす。

「殿下、皇国の憲法を知りたいのでございますけれど。特に皇室の継承や、閣僚の任命について。皇子宮に法典は置いてありますですかしら」

「ここで読むより領地でもいいだろう。亡き祖父は生前、法務大臣を務めた。領地の屋敷の書斎には帝国法典が収められているはずだ」

「それは好都合でございますわ、ゆっくり読めそう……あら」

アンジェリカは窓に目をやる。気づけば外はかなり暗くなっていた。

「明日は領地へ移る準備がございますから、もう部屋に戻らないとなりませんわね。まだまだお話ししておきたいことが尽きないのですけれど」

本心だった。エイベルと話をしていると、次から次へと言葉や考えがあふれてくる。彼は決してほがらかな性分ではないのに、的確な見方や示唆、自分だけが話すのでなくアンジェリカに先をうながす話運びで会話が楽しい。

部屋に帰らなければ、と思えば思うほど立ち上がれない。

ふたりは空になった皿を前に丸テーブルを囲んで沈黙する。

「話は長引きそうだな。……その」

エイベルはぎこちなく目をそらし、ぼそりとつぶやいた。

「君さえよければ、お互いの気が済むまで話をしよう。遅くなっても、今夜もこの部屋で寝ればいい。僕は……ソファを使うから」

え、とアンジェリカは大きく、大きく紅い瞳を見開いた。離れがたい想いだったところに思いがけない嬉しい申し出だった。

だがそれはつまり、今度はエイベルはしらふで、アンジェリカも疲れや眠気のいいわけのない正気で、一夜をともに過ごすということだ。

エイベルとふたりきりで、ひとつの部屋で、夜を——。

ぼ、とアンジェリカの頰が火をつけたように赤くなる。

首元まで赤く染まって、耳たぶも燃えているみたいに熱い。

どうしよう、と迷いつつ口を開こうとしたとき、顔をそむけるエイベルの耳も真っ赤になっているのにアンジェリカは気づく。

いつも冷静を装う彼が、あきらかに緊張している。その彼の精いっぱいの、気遣いに満ちた誘い。それを断るなんて、アンジェリカはできそうになかった。

「そ、そ、そうですわね。では湯に入ってから、またまいりますわ！」

照れくささを隠すために、アンジェリカはわたわたと空になった皿を片付け、がたがたとさわがしく音を立てて椅子を下げて立ち上がる。

「え、えと、では、のちほどまたまいりますけれど！　たまには、殿下が訪ねてきてくださってもよろしいんでございますのよ？」

狼狽のあまりとんでもない発言を残して、アンジェリカは窓に向かう。

「ベランダからでは遠回りだと思うが……」

遠慮がちな声が追いかけてきて、そういえば今日はちゃんと扉から入ってきたのだと気づき、「そっ、そうでございましたわね！」と必死に平静な顔を取りつくろって、アンジェリカは廊下へ飛びだした。

「お帰りなさいませ、姫さま。今日はこちらでご就寝ですか」

夜も遅いというのに、荷造りをしながらメルが出迎えてくれた。

「いいえ、入浴に戻っただけですわ。メル、わたくしを待って起きていたのでございますの？　ごめんなさい、ひとりで入れますから」

「とんでもないですわ、わたしの仕事を取り上げないでくださいませ」

メルがなにか上機嫌にタオルや着替えをクローゼットから取り出す。

「今日は侍従長や侍女長、騎士さまと、お食事しながらお話をしていたんです」

メルは丁寧に畳んだタオルを抱え、アンジェリカにほほ笑む。

「エイベル殿下が本当に毎日楽しそうにお過ごしになってるって。わたしも、姫さまが生き生きしてらっしゃるのを見るのが嬉しいんです。ノルグレンの王宮では……姫さまはとても痩せておられて、まなざしも険しくしてらしたので」

メルは一瞬目を伏せ、それから顔を上げてアンジェリカにやわらかくほほ笑んだ。

「でも、こうしてエイベル殿下や、皇子宮のみなさまと仲良くなって、姫さまが健康的になられて……本当に、安心しています」

「ん？　それは太ったということでございますかしら？」

アンジェリカがわざと体をひねって自分の体を見回すので、メルはあわてた。

「いえ、お太りになったわけではなく、その！」

「安心なさって、メル。怒っているのではございませんわ。たしかにここにきたときは骨と皮ばかりだったのですもの。いまのほうが調子がいいですわよ」

ふふ、とアンジェリカは笑うと、メルが広げるスーツケースやバッグを見やる。

「殿下のご領地に行くのはわくわくいたしますわ。グラソンベルグでも見知らぬ土地を眺められて、思いもよらない知見を得られて、とても楽しかったですもの」

「姫さまは新しいもの好きですものね」

ふう、とメルは小さく吐息をつく。

「わたし、ひとつところにとどまるのが好きなんです。ようやく見知らぬ土地にも慣れてきたのにまた移るなんて。しかも革命家とやらの捜査が終わるまで、なんて」

困り顔のメルに、アンジェリカはやわらかな笑みを向ける。移動が嫌いなのに、メルはここまでついてきてくれたのだ。

　ふとアンジェリカは思いついて尋ねる。

「メルは、やりたいことはございませんの？　ひとつところにとどまるのが好きというのは、やりたいこととは違う気がいたしますもの」

「やりたいこと……考えたこともありません」

　手持無沙汰なのか、メルはタオルを畳みなおす。

「スラムの養護施設から養親に引き取られて、王宮からのお達しで出仕して、いわれるままにきてしまったので。でも、そうですね」

　夢見るようなまなざしで、メルは天井を仰ぐ。

「お慕いする方と添い遂げられたなら、いいなと……」

　え？　とアンジェリカはうっとりした顔のメルを見やる。

　自分のなかにはまったくなかった願望で、意表を衝かれた心地になる。

「すみません、お恥ずかしいお話をして。いま、お湯の支度をしてまいります」

ぱたぱたと浴室へ向かうメルの小柄な背中をアンジェリカは見送る。

言葉の裏を疑い、策謀をめぐらす権謀術数の世界に、アンジェリカは身を置いている。メルの〝好きなひとと結婚〟という身近な望みがとても意外だった。

「でも……それが、メルの意志で選びたい希望だものね」

そうつぶやいたとき、ふと、漠然と抱いていた「国の改革」という目的の目指す場所が、明確になった気がした。

情熱をもって国を改革したい自分、ささやかな想いを大切にしたいメル、行きたい場所を選びたい自分、ひとつの場所にとどまりたいメル……。

だれでも望みを叶える機会を得られるような国にしたい。

どんな小さな希望でも手が届く、せめてその手がかりが見つけられる国に。

夢物語と片付けるのはたやすいが『国の改革』こそが途方もない夢だ。どうせ夢を見るなら、叶わないとあきらめるより、その理想を形にするために力を尽くしたい。

氷の表情のなかにも、誠実でたしかな情熱を秘めるエイベルと一緒なら……目指す場所にたどり着けるかも、しれない。

湯浴みで夏の汗を流し、アンジェリカはいい香りをさせて浴室を出る。

部屋着に着替えて化粧台の前に座ると、濡れた髪をメルが丁寧に拭いて、何度も何度も梳いて、乾かしてくれた。

「もういいですわよ、メル」

髪にはまだ湿り気が残るが、アンジェリカはメルの手を止めさせた。

「夜も遅いですもの。わたくしのことは気にせず休んでくださいませ」

「姫さま、これから殿下のお部屋に行かれるのですよね。ご領地へ移るための支度はこちらで行いますから、どうぞふたりきりでゆっくりお過ごしください」

またもやなにか盛大な誤解をされているらしい。

「あのですわね、メル。なにか勘違いしてるみたいでございますけど」

さすがにこれ以上は居心地が悪い。アンジェリカは咳払いして口を開く。

「殿下と夜を過ごしたからといって、やましいことなどなにもしていませんわ」

「それはそうでしょう、ご夫婦なのですもの」

きょとんとしてメルは答える。

「ご夫婦が仲良くするのは、やましくもなんともありませんわ。侍女長さまとも、早くお子さまができるといいですわねとお話ししておりました」

「こ、こ、子ども……!?」

誤解がさらに誤解を生んで、さしものアンジェリカもうろたえる。

「侍女長さまも侍従長さまもお仕事に没頭されるあまり、騎士さまの誕生は結婚からかなりあとだったとか。もちろん、いつお子さまができても嬉しいけれど、できれば元気なうちにおふたりのお子さまをお世話したいそうですわ」

「は、はあ、そう……でございますのね」

「姫さまとエイベル殿下のお子さまならきっとお美しいと、メルは楽しみで……」

「はいはい、わかりましたわかりました、おやすみなさいませ」

うっとりするメルの背を押して、アンジェリカは自室のほうへ向かわせた。

「さて、あまり遅くなってもよろしくないですわよね」

化粧台の鏡をのぞき、部屋着のしわを伸ばしながら、今夜の話し合い、特にミルドレッドを味方につける方法についてあれこれ考える。

領地に行く前に彼女に会って話し合いたかったけれど、それはできない。ならば逆に領地に招くのはどうだろう……とアンジェリカはひらめいた。

思いついた案に心が逸る。早くエイベルと話したくて、アンジェリカは急いでマグナイトオイルの灯りを消し、窓からベランダに出る。

「って、べつに庭からいかなくてもよかったんだわ」

非公式の訪問が当然になってしまっている自分に、アンジェリカは苦笑する。

とはいえ、引き返して廊下をたどる気になれなかった。

庭を吹く夏の夜風が、湯上りに火照る体に心地いい。室内履きでなくサンダルも履いている。夜の庭を散策しながらエイベルの部屋まで歩くのは魅力的だった。

ベランダの手すりに手をかけ、アンジェリカは飛び降りようとする。

――そのときだった。

ふいに黒い人影が真正面からベランダに乗り込んできた。

反射的に身をかわそうとしたが背後に回り込まれる。正体不明の相手は背中からアンジェリカを抱きしめ、口をふさいだ。

「ッ！　ぐ、う……！」

恐ろしいほど強い力で拘束され、アンジェリカはうめいた。

「静かに、ジェリ」

耳元で聞き覚えのある声がした。思わずアンジェリカは凍りつく。

――イリヤ⁉

第八章　わたくしはあなたと、大志を遂げたいのですわ

口を覆われ、喉首に腕を回されて拘束され、アンジェリカは凍りつく。

「騒がないでくれ。もし、君が声を上げてだれかきたら……」

イリヤの不穏なささやきがアンジェリカの耳朶に響く。

「俺は、そいつらを殺す」

「……っ！」

アンジェリカは総毛立った。

いま騒げば、聞きつけてやってくるのは隣室のメルの可能性がいちばん高い。小柄な女性のメルでは、殺意を持った男相手にはひとたまりもない。

「頼む、大人しく一緒にきてくれ」

緊張の汗がにじむ耳元にイリヤの声が触れる。なにも見えない夜の闇で、自分を拘束する彼の体が岩のごとくゆるぎなくて、恐ろしい。

かつて、ノルグレンのスラムでアンジェリカに格闘術を教えてくれたのは、外国からきた元騎士の女性だった。

〝どれだけ鍛えても、女は体格のいい男には敵わない。だから〟

彼女はアンジェリカに多くの格闘のわざを伝授しつつ、同時にこう告げた。

〝ふいうち、奇襲、死角からの攻撃、油断を誘う、相手の裏をかく……ことを、常に心がけるんだ。決して正面から戦おうとするな〟

〝元騎士なのにずるい手を使うんだね〟

アンジェリカがいうと、彼女はにやりと笑った。

〝清廉潔白で忠実なのは主に対してのみ。戦いにおいて常に清廉を心がけていたら、それこそ負け犬さ〟

いまの状況ではふいうちは効かない。どうにか隙を見つけて逃げるしかない。どうすれば、と考えていたらいきなり抱き上げられた。

「っ⁉　やめて、いったいなにを……」

「黙って。ここから庭に降りるだけだ」

そう答えたかと思うと、イリヤはアンジェリカを抱きかかえてベランダから飛び降りる。着地の衝撃に揺れるアンジェリカの体をイリヤは抱きしめ歩きだす。

浴槽で流したはずの汗が部屋着のうちでにじむ。背中を伝う緊張を感じながら、アンジェリカは声をひそめていった。

「も、もう、いいでしょ。自分で歩ける。下ろして」

「逃げないと約束するなら」

　いたずらっぽい声が降ってくる。

　どうしてこんな状況でこんな余裕のある態度が取れるのだろう。こちらを見くびっているのかと思えば、アンジェリカは悔しさがこみ上げてくる。

　足が地面についた。しかし手首をつかまれている。

　仕方なくアンジェリカは、いやいやながらもイリヤと歩いていく。

　ふたりは庭をつらぬくレンガ敷の小道をたどる。前庭は低い灌木(かんぼく)が茂り、夏の花の匂いが濃厚だった。棘(とげ)の多い灌木に部屋着の袖口が引っかかる。

　この灌木に逃げ込めば、棘もあるし暗闇も手伝って追いつくのは難しいはず。大柄なイリヤならなおさらだ。どこかでふいをつければ……。

　従順なふりでついていくアンジェリカに、イリヤが口を開く。

「グラソンベルグであんな別れ方をして、ずっと気にかかっていたよ」

「……そうね、わたしも水に投げ落とされたことは忘れていないわ」

「怒ってるな。まあ、仕方がない」

　イリヤは笑いを返すがアンジェリカはむっつりと押し黙る。

「弁解させてくれ、ジェリ」

無言のアンジェリカに、苦笑交じりにイリヤがいった。

「あのときはやむを得なかったんだ。あのままグラソンベルグにいれば、俺は用済みとして命を狙われるはめになっただろうからな」

「どうして。あなたは革命の英雄でしょ」

「傭兵時代、ロブ代表に雇われてたと話しただろ。そういうことさ」

イリヤの説明は簡潔だった。アンジェリカはトーバイアスの言葉を思いだす。

〝後ろ暗いことをさせるために雇ったに決まってる……〟

〝……平和な国に革命家は要らないってわけだ〟

ロブ代表がいまの地位につくためにイリヤにさせた汚れ仕事がどんなものか、アンジェリカにはわからない。だが排除したいほど悪辣だったのは間違いない。

故郷を追われて傭兵に身を落としたイリヤは、雇い主のどんな命令も拒める立場ではなかったはずだ。そこに一片の同情の余地はある。

だからといって、この状況をゆるすつもりはまったくなかった。

「どんな理由があろうと、あなたがひと殺しなのは変わらない」

ことさら冷たくアンジェリカはいい返した。

「それとも、わたしをこうして連れていくのと、なにか関係があるの？」

アンジェリカの問いに、イリヤは変わらず飄々とした口調で答える。

「恋焦がれる姫君をさらうのが夢だったんだよ」

問いつめてもはぐらかされそうだと悟ってアンジェリカは口をつぐむ。まともに答えない事実が、やましい理由だという証拠だ。

歩くうちに夜目が利いてきて、わずかに周囲が見えるようになる。屋敷からは少し離れた前庭のなかほどだ。この辺りなら少々の声も届かないだろう。

灌木の棘にイリヤの手が触れたか、「いた」と小さな声がした。手首をつかむ力がほんのわずか、ゆるむ。

（――いまだ！）

アンジェリカはつかまれた側の手のひらをぱっと開き、イリヤへ一歩大きく踏み込む。踏みだす足に力を込め、間髪容れずひじが弧を描くようにぐいと振り上げる。

呆気なく手が外れた。即座にアンジェリカは身を返し、背後の灌木の茂みへ飛び込む。腕で顔をガードし、棘だらけの藪を進む。

どこへ逃げよう。無我夢中で走りながらアンジェリカは考える。隣室がメルの部屋である自室へは帰れない。それなら一か所だけだ。

――エイベル殿下……！

アンジェリカは必死に屋敷の裏手を目指す。

藪を抜けた。ちくちくする茨から解放され、アンジェリカは足を早める。

前庭は小道に沿って植えられた低灌木以外、ほぼ芝生や花壇。隠れる場所はほとんどない。見つかって追いつかれる前に、エイベルの部屋へ逃げ込まなくては。

真正面から自分ひとりでイリヤと戦うつもりはなかった。

単身で乗り込んでくるのは度胸というよりも、この皇子宮の構成人数や間取りも調べて把握しているからに違いない。おそらく武器も隠し持っている。自分を呆気なく拘束した手際もだが、そういう周到さがアンジェリカは怖い。

蛮勇の獣より、いまは臆病な小動物であれ。悔しい話だが。

そびえる屋敷の裏手の方角、ベランダから漏れる灯りが見えた。

エイベルの部屋だ。きっとまだ彼は起きていて、アンジェリカがくるのを待っていてくれているのだ。救いのような光を目指し、一心に駆ける。

「ッ！」

ふいに後ろから背中を突き飛ばされ、芝生のうえに転ばされた。

とっさにアンジェリカは受け身を取り、身を返して起き上がろうとする。

しかし強い力でのしかかられ、声を出そうとした口までふさがれた。

「やっぱり、おとなしくついてくる君じゃなかったな」

「ん、ぐ……うぐぅ……っ」

もがくアンジェリカにイリヤの低い声が降ってくる。

「悪いが気絶させてでも連れていく。それにいったはずだ」

沈痛だが、不穏な声がささやいた。

「……次に会ったら、二度と離さない、と」

アンジェリカは怖気(おじけ)立った。必死に暴れるが、体重をかけて手足を押さえつけられて身動きが取れない。

（いや……！）

アンジェリカの脳裏に、エイベルの冷徹で美しい横顔がよぎる。

ふいに激しい衝撃音とともにイリヤの体が吹き飛ばされた。

体が軽くなった、と感じて即座にアンジェリカは跳ね起き、後方へ跳んで後ずさる。

同時にだれかがアンジェリカをかばうように前に出た。

イリヤが腹を押さえてよろりと立ち上がる。

「蹴り飛ばすとは……皇子さまとは思えない足癖の悪さだな」

アンジェリカの目の前に立ったのは、エイベルだった。

エイベルは無言で踏みだし、短いパンチを繰りだす。イリヤに防御させ、ふいに鋭い蹴りを食らわせる。イリヤは腕でガードして勢いを殺すが足元がふらついた。

はっ、とアンジェリカは気づいて芝生を蹴りつけ飛びだす。

エイベルにつかみかかろうとしたイリヤに、アンジェリカがすかさず身を低くして足払いをかけた。たまらずイリヤは転倒する。

だが彼は受け身を取り、すぐさま起き上がろうとする。その瞬間、エイベルの蹴りが横合いから激しく食らわされた。

勢いよくイリヤは吹き飛び、芝生のうえに転がる。それでも後転して即座に立ち上がって飛び退り、アンジェリカたちから距離を取った。

「二対一とは……まったく、卑怯な〝夫婦〟だな」

イリヤがうそぶいて、片手を懐に入れる。

「危ない、エイベル！」

とっさにアンジェリカはエイベルに抱きつき地面に押し倒す。

同時に銃声が闇に響き渡った。直後にふたりは跳ね起き、建物の陰へと走って身を隠す。幸いそれ以上の追撃はなく、芝生を走り去る物音だけが聞こえた。

そのあとを追い、エイベルが建物の陰から飛びだそうとする。

「だめ！」

とっさにアンジェリカは彼の腕を取って引き留める。

「アンジェリカ、なぜ……」

エイベルがいい返そうとしたが、抱きつかれて絶句する。

「だめ、だめ。暗闇だし、どこにひそんでるかわからない。ひとりで行ったら銃で撃たれるかもしれない。お願い、ひとりで行かないで……！」

アンジェリカは必死になってエイベルを抱きしめ、いいつのる。

いまになって恐怖がいっそう増してきた。エイベルの背中に回した腕が震える。その震えを抑え込みたいのに抑えられない。

「わかった、大丈夫だ。行かない。行かないから、アンジェリカ」

戸惑いながら、エイベルがぎこちなくアンジェリカの肩に腕を回す。

「深呼吸を。できるか、アンジェリカ」

なだめるようにいわれ、アンジェリカは彼の腕のなかで大きく呼吸を繰り返す。優しい手と力強い腕に抱かれ、やっと震えと動揺が収まってきた。

「すみ、ませんですわ……情けない。お恥ずかしいところをお見せして」

ほっと息をついて詫びながら、アンジェリカはエイベルから身を離す。エイベルも小さく息を吐くと、庭のほうを見やる。

「屋敷内に侵入されたら大変だ。ティモシーを起こし、庭の見回りをしよう」

そういって、エイベルはアンジェリカの手を握って歩きだした。

これまで彼から触れてくることはなかったから、きっと怯える自分を労わってくれているのだ。言葉にしなくても伝わる彼の優しさに、ほっと心がゆるむ。

「助けてくださったお礼をいってませんでしたわね。助かりましたわ」

感謝の言葉を口にしたとき、ふと思いついてアンジェリカは尋ねた。

「ところで、あの暗闇でなぜわたくしが襲われてるとわかったのでございます？」

答えがない。おや？　と眉をひそめるとエイベルがつぶやいた。

「……庭を散策していたからだ」

「こんな夜に、でございますか？」

ぐ、とエイベルは言葉に詰まるが、ややあって声が聞こえた。

「その……君に、たまには僕のほうから、といわれたので」

闇のなかでアンジェリカは大きくまたたきをする。

〝たまには、殿下が訪ねてきてくださっても……〟

はっとアンジェリカは片手で口を押さえる。

「実は、わ、わたくしも殿下の部屋に行こうとして、それで……その」

「そうか。大人しく待っていなくて、よかった」

エイベルの言葉がぽつりと落ちた。それきりふたりは無言で夜の闇を歩いていく。

しっかりと、お互いの手を握り合って。


ふたりは皇子宮に戻ると、ひとつの部屋にメルや侍従長、侍女長を避難させて、テイモシーをその部屋の警備に残す。

それからカンテラを手にして、連れ立って庭へと戻った。

「……門衛がいないな」

正門にはだれもいなかった。ふたりは周囲を見回す。

エイベルが掲げるカンテラに、無人のまま開いた門が照らしだされる。ひとの気配もなく、外はやはりだれもいない道だ。

「門衛は皇宮から派遣された兵士たちでございましたわよね」

「正確には、予算増にともなって皇后が寄越した兵だ」

カンテラの光のもと、ふたりは沈黙する。

「アンジェリカ。予定を変更しよう」

闇の彼方を見据えてエイベルがつぶやく。

「明け方すぐに領地のアージェントンへ出発する」

その言葉に、アンジェリカはかすかに息を吞む。

「予定では明後日でございますけれど……。たしかに、ここではあまりに警備が手薄でございますわね。身内以外信用できない状況なら、なおのこと」

アンジェリカは屋敷を振り返る。

「ですけれど、ご領地のほうがここより安全なのでございますの？」

「皇都より領地のほうが住民は少ない。よそ者が入ってくればすぐに目立つ。自警団もいるから領主の館を守る人手もある」

「それでは急いで支度いたしましょう。待って、そうでしたわ」

こんな事態に陥る前に思いついた案を、アンジェリカは思いだす。

「ミルドレッド殿下をご領地にお招きしたいのですけれど」

「かまわない。向こうがきてくれればの話だが」

「では、きていただけそうな文面の手紙を、出立までに急いで書き上げますわ」

ふたりは正門を閉ざして固く閂をかける。

「どうせ明け方には開けないとならないが、出発までにまた不法侵入されてはかなわない。イリヤはよほど君に執心しているようだからな」

エイベルの言葉に、アンジェリカは唇を噛んでうつむく。手探りでその手に触れると、すぐに彼は握り返してきた。

「わたし……イリヤとの会食で、〝一緒に行かないか〟と誘われたの」

エイベルがこちらを見下ろす気配がした。アンジェリカは話をつづける。

「一緒に大陸中で革命を起こそうって。でも……断ったの」

「なぜ、君は一緒に行かなかった」

心なしか、エイベルの手を握る力が強くなる。

「国を改革したいというのは君の願いでもあった。革命家ともてはやされ、グラソンベルグの革命を主導した彼となら、その願いが叶うかもしれなかったのに」

「たしかに、心惹かれなかったといえばうそになるわ」

アンジェリカは頭上を見上げた。

夏の星座が、暗い天空にまばゆく輝いている。

「わたしは、彼に負い目があったから……」

アンジェリカは幼いころのいきさつを打ち明ける。

何度も盗みを働くイリヤを止めようとして、結局止められなかったこと。盗みが発覚して連れていかれた彼を探し回ったが、見つからなかったこと。

もっと自分になにかできなかったか、もっと上手い方法があれば止められたのではないかと、自分の力不足をずっと、悔やんできたこと……。

「彼の名前を聞いたとき、わたしはその後悔を思いだした。再会しても、懐かしさと同じに負い目を感じたわ」

アンジェリカは暗闇の向こうを見晴るかすように見つめてつぶやく。

「その話に、君の落ち度は見当たらない」

淡々と、少し非情なまでに冷静に、エイベルは答える。

「君は子どもだった。子どもは非力だ。できることは少ない」

アンジェリカはエイベルを見上げる。マグナイト鉱石の明るいカンテラで照らされた彼の横顔は、自分と同じに闇の彼方の遠い日を見つめているようだった。

「……あなたも、子どもだった」

静かに声をかければ、エイベルがはっと声を吞む。アンジェリカは言葉を継いだ。

「イリヤからの申し出を、わたしは〝あなたとともに改革をすると約束したから〟と断ったの。いま、改めて確信した」

小さな笑みがアンジェリカの口元によぎる。満足そうな、どこか気持ちが決まったからこその清々しい笑いだ。

「わたしは、日々を重ね、信頼を重ねてきたひとと大志を遂げたい」

アンジェリカは、エイベルとつないだ手に力をこめる。

「ありがとう、エイベル。……わたしと、一緒にいてくれて」

エイベルはアンジェリカを見返す。そうして、ぎゅっと手を握り返した。すぐ隣にいる大切な存在を確かめるように、ふたりは闇のなかで寄り添った。

夏の夜の底が白む時刻、アンジェリカたちは皇子宮をあとにした。

馬車に侍女長とメルを乗せ、侍従長が御者。ティモシーは馬で、アンジェリカとエイベルは車に乗る。燃料の問題は途中の駅で給油することに決まった。

涼しく心地よい明け方の空気のなか、一行は正門を出ていく。

門衛は結局戻ってこなかった。途中の道に彼らの姿もない。殺されたわけではないだろうが、もしも買収されてイリヤをなかに通したなら、それもまずい。

いや、買収以前に最初から通じていたなら……。

憶測からの疑念は尽きなかった。だがいまは真実を突き止める時間も惜しい。

「ティモシー。アージェントンまでの道はわかるな」

馬に乗るティモシーに、助手席からエイベルが指示する。

「ミルドレッドの皇女宮に手紙を届けたら、すぐにこちらへ向かえ。イリヤの不法侵入については、よけいなことはだれにも話すな」

「わかりました。お任せを！」

快活にティモシーは答える。馬車からメルが遠慮がちに顔を出した。

「あ、あの、騎士さま。お気をつけて……」

「もちろんです。侍女どの、父と母をよろしくお願いします」

といってティモシーは馬首をめぐらせ、皇都の中心部に至る道へ向かった。

メルは不安そうに見送るが、馬車が走りだしたので窓から頭を引っ込める。

一行は下町の方角へ向かった。朝方で人通りは少ないが、まだまだ車は珍しいので、たまに通りかかる荷車や行商人たちが驚きで振り返る。

「下町は道が細いので車では難しいですわね」

ハンドルを握りながらアンジェリカがいった。彼女は活動しやすいようにドレスではなく男物の服装を身に着け、帽子をかぶって赤毛を隠していた。

「大通りの手前で車を停めて、わたくしが新聞社まで行ってまいります」

「ひとりで大丈夫か」

「だいじょうぶ。でも、戻るまで時間がかかるならどうか先に……」

「君を置いてはいけない。車より遅い馬車は先に行かせるが僕は必ず待つ」

頑固にいいはるエイベルに、アンジェリカは苦笑してうなずいた。


下町近くの路傍に車を停めると、アンジェリカは裏路地を走って『日刊マグナフォート社』の建物を目指す。こんな早朝では、ふつうならだれもいないはずだ。

とはいえ、特ダネを得たときの記者は泊まり込みの場合が多い。そして昨日はまさにイリヤが労働者を煽って暴動を起こしている。

暴動の号外自体は昨日出しているかもしれないが、後追いの詳細記事は今日印刷されるはずだ。ということは、社内に記者がいる可能性は高い。

「なんだ、ジェリ。こんな朝っぱらから」

案の定、徹夜なのか眠そうな記者が入口の扉を開けてくれた。

「編集長ならいるぜ。さっき寝たばっかりだ」

「ありがとう。緊急の用事なんだ」

そう告げてアンジェリカは奥へ進み、編集長の部屋を開ける。

言葉どおり、奥のデスクでトーバイアスが寝ていた。両足をデスクに投げだし、腕組みをして椅子に大きくもたれ、天井まで響く盛大ないびきをかいている。

嗅ぎ煙草と、ツンと鼻をつく汗臭さが部屋には充満して、目に染みるようだった。徹夜した人間特有の疲労物質の臭いだ。

しかし、そんなことを気にしている場合ではない。

「トビー、トビー！　起きて。この記事を読んで」

「……うう、邪魔、するな。眠……」

「起きないと大事なお酒と嗅ぎ煙草を頭からかけるよ」

「なんだ、ジェリか……突然やってきて横暴な……」

トーバイアスはいやいやながらに目を開ける。アンジェリカはそのデスクに文章を書きつけた何枚もの紙をたたきつけた。

「昨日の緊急官僚会議からの特ダネ。読んで」

目をこすりながら、トーバイアスは文章に目を通す。

読み進めるうちにしょぼついていたその目がしだいに開いていき、しまいには身を乗り出すように読みふける。

「皇后はエイベル第一皇子とアンジェリカ姫を、自称革命家に与するものとして糾弾。エイベル皇子の皇位継承権をはく奪し、自らが産んだ皇子の立太子を主張……か」

最後まで目を通し、トーバイアスは顔を上げる。

「おまえ、いいのか。この書き方だとおまえとエイベル皇子がイリヤの仲間だと喧伝するようなものだぞ」

「エイベル殿下とわたしは、皇族派でも貴族派でもなく、〝庶民派〟として見られている。被災民や困窮するものたちの支援を率先して行っているから。労働者の不満をあおるイリヤの味方をするのも、当然でしょ。……面白くはないけれど」

といって、アンジェリカはふん、とそっぽを向く。

「たしかに、労働者を主導する革命家の味方をしなきゃ、庶民の味方って話はうそじゃないかと思われるだろうな」

「イリヤのやり方は狡猾だけれど、どうも不自然じゃない？」

不機嫌もあらわにアンジェリカは話をつづける。

「わたしたちが帰国する数日前まで彼はグラソンベルグにいた。皇国に亡命したいと新聞に載ったのはまさに帰国の翌日。なのにこの短期間で鉱山の労働者の不満を調べ上げ、暴動を扇動できるほど、影響力を持てるようになったなんて」

「ああ、そこは俺もおかしいと思ったよ」

トーバイアスはかたわらに積み上げた紙束を差しだす。

「これが今朝出す新聞の、俺がまとめた原稿だ。暴動に加わらず逃げだした労働者の話だと、一ケ月ほど前から不満の声が大きくなっていたらしい」

「じゃあ、少なくとも一ケ月前からすでに工作が行われていたってこと？」

「そう考えるのが自然だろうな。あるいはもっと前からだ」

新聞を手に、アンジェリカは考えながら口を開く。

「イリヤは、以前から皇国で商会を営むクインシー男爵と交友がある。皇国の内情に通じていてもおかしくはないよね」

「イリヤが皇国で身を寄せているのは、クインシー男爵のところだったな」

「そう。そしてクインシー男爵は皇后のお気に入りで……」

ぎくりとアンジェリカは目を開く。

「……まさか、皇后が暴動を裏で主導してた？」

「おいおいおい、憶測で飛躍しすぎじゃないか」

呆(あき)れ声(ごえ)でトーバイアスは口を挟む。

「わかってる。ただの連想からの妄想だって。……いまのところはね」

といって、アンジェリカはべつの紙束をデスクに置いた。

「これ、昨夜書いた予備の原稿」

トーバイアスは目を通す。短い記事だったが、彼の顔に浮かぶ驚きは先のものよりもずっと大きかった。

「おい、おまえ。この内容は……」

「この記事を、わたしたちにもしものことがあったら載せて」

「もしもって、どんなときだ」

「その判断はトビーに任せる。あと、少しだけど」

男性用のジャケットの内側から、アンジェリカは金袋を取り出す。

「ここの運営費の援助。いつもより多め。本当にわたしたちになにかあったら、もう援助できなくなっちゃうからね」

「らしくない気弱な発言しやがって。まあ、もらっとくがな」

ちゃっかりとトーバイアスは金袋を受け取り、デスクの引き出しにしまった。

「それで、そのお金のなかから、アージェントンの領主の館に日刊マグナフォートを届ける費用を引いといて」

「アージェントン？　って、エイベル皇子の領地か」

「そう。しばらく悠々自適の隠遁生活を送るつもり」

「自分らは隠遁しといて、俺たちはいいように使うってか」

「その分、美味しい特ダネは提供してると思うけど？　イリヤの記事で大いに迷惑をこうむったんだから、ちょっとでもお返しはしてもらわなきゃ」

「まったく、口答えがますます達者になりやがった」

「そうね、だれかさんの薫陶のたまものでございますですわ」

澄ました返しにトーバイアスは天井を仰ぐと、ぐいと人差し指を突き付けてきた。

「何度もいうが気をつけろよ。一連のできごとの糸を引いてるのが王侯貴族のなかでも高位の人間なら、どこにいようとおまえらを放っておいちゃくれねえからな」

「わかってる。だからこその予備の原稿だよ。……頼むね」

真摯な声の願いに、トーバイアスはこれ見よがしな大きな吐息で答えた。

◆

状況の不穏さにもかかわらず、領地までのドライブは快適だった。

「風がとても気持ちいいですわね……！」

助手席に座るアンジェリカは、朝早い夏の涼しい空気に目を細める。

光の満ちる青い空は果てしない海のようで、郊外の青々とした畑や、道に沿ってつづく並木の緑も、なにもかもが美しい。

「ここのところ晴れていたから、道の状態も良好だな」

運転席でエイベルがいった。彼も心なしか声がはずんでいる。

メルたちを乗せた馬車は、アンジェリカが日刊マグナフォート社を訪れるために離れた際、一足先にアージェントンへと発っている。

だから正真正銘、ふたりきりのドライブだ。

アンジェリカは帽子を取り、心地よい朝の風に赤毛をなびかせる。赤いレンガ道が行く手にずっとつづいて、ふたりを導くようだった。

「この道は走りやすそうですわね。どこまで整備されていますのかしら」

助手席で地図を見ながら、アンジェリカは尋ねる。

「十年ほど前に整備がだいぶ進んだが、皇都から主要な街の中心部までだな」

「でしたら、燃料が持てばアージェントンの街までは行けそうですわね」

アンジェリカは後部座席に置いた樽をちらと振り返る。念のため予備のマグナイトオイルは持ってきたが、やはり心もとない。

「殿下、車は駅に預けてまいりませんこと？」

「駅に預ける？　なぜ。なにかのために移動手段は複数必要といったのは君だ」

「たしかに複数必要でございますわ。でも」

レンガが欠けた箇所に車輪が乗り、がくんと車体が揺れる。

「上手く申し上げられませんけれど……。ひとつくらい、その手段を隠しておくのも手なのかと思いましたの。勘、として」

ふむ、とエイベルはうなずく。

「勘というものは観察による違和感からもたらされる。明確な言葉にはできなくとも、君はなにかの異変に気づいているんだな。……いいだろう」

やがて、十字路に差しかかった。

四辻に立つ街の名前が書かれた標識で行く先を確認し、地図と照らし合わせ、駅の方角へ行く先を変更して車はまた進む。

なだらかな丘を越えると、林が目立ち始める。緑美しい田畑のうえを、夏の風がどこまでも渡っていく。その風に乗るように車は走りつづける。

「……気持ちがいいな」

心地よい風を受けて、ふとエイベルがつぶやいた。

「君とふたりきりでこんなふうに走ることなど、思いもよらなかった。皇族と生まれたからには、監視も護衛もない自由を望むべくもないと思ったのに」

「そうですわね……わたくしもですわ」

車は林のなかを走る。アンジェリカは木漏れ日の落ちる頭上を見上げる。やわらかな葉陰のあいだからきらめく木漏れ日は、万の宝石よりも美しく見えた。

「グラソンベルグの大学は、とても魅力的だったの」

心地よさに丁寧な言葉遣いを忘れ、アンジェリカはつぶやく。

「わたしと同年代くらいのひとたちが、熱意をもって学問を究めようとしている。それが、わたしは……とてもうらやましくて」

林を抜けた。夏の光が照らす丘を車は越えていく。

「もし、この事態をくぐり抜けてわたしたちが統治者になったら……なおさらそんな自由も、こうしてふたりきりでどこまでも走ることも、できなくなるね」

静かな沈黙がやってくる。エンジン音だけがその沈黙に響き渡る。

「僕との出会いを、後悔しているか」

ふいにエイベルが口を開いた。

「まさか！　どうしてそんなことを。だったら殿下は後悔しているの？」

「……エイベル、とはいってくれないのか」

え、とアンジェリカは目を見開く。

「昨夜、君が……いや、状況が状況だったから、錯乱していても仕方がないが」

「え、え、待って？　えっと、その呼び捨てって失礼じゃない……の？」

「僕は君をアンジェリカと呼ぶ。君には失礼だっただろうか」

アンジェリカはぱちくりと何度もまばたきをする。

「え、えっと、では……エイベル」

「……なん、だ」

ためらいがちに名を呼べば、ためらいがちに答えが返る。わずかな間のあと、ふたりは同時に噴き出した。

「こんなささいなことをいい合えるのも、こんな時間ありき、だよね」

「まったくだ。アンジェリカ、僕は――」

行く手に広がる、海を思わせる青い夏の空を見つめエイベルはつぶやく。

「君と出会えてよかった。君がそう思っていなかったとしても、この光景は君と一緒でなければ見られなかったはずだ」

耳朶に染みるようなその声を、アンジェリカは黙って聞いていた。

「あのね、エイベル。わたし……」

つと、アンジェリカは口を開く。

「ミルドレッド皇女に出した手紙にこう書いたの。どうかエイベル殿下に味方してほしい。貴女の──」

強調するように間を開けると、アンジェリカはいい切った。

「いちばん欲しいものを、さしあげるからと」

ハンドルを握りながら、エイベルは静かにいった。

「彼女が望むものがなにか、君にはわかっているのか」

「なんとなく。でも問題はわかるかわからないかじゃない。重要なのは、それをあなたが差しだせるかどうかということ」

アンジェリカは目を落とす。うつむく彼女の赤毛が翼のように風に広がる。

「あなたは、わたしと出会ったことを後悔するかもしれない」

エイベルは答えずに車を走らせる。性急にうながさず、アンジェリカの言葉について考えをめぐらせているのだろう。いかにもそれは彼らしかった。

「そうだな。まだ覚悟は決まっていない」

「……そうね。軽々しく決められることじゃない。わかってる」

「僕が覚悟を決めていれば、いま、こんな会話をしなくても済んだ」

は、と頭を上げるアンジェリカの耳にエイベルの声が触れる。

「後悔はしない。君とともにこの景色を見て、いま、覚悟も決まった」

行く手の青い空を見つめ、エイベルは静かだが強い声でいった。

「帝位につくためなら、どんな不利益も甘んじて受け止める」

アンジェリカとエイベルは、アージェントンの最寄りの駅でマグナイトオイルを補給、駅近くの宿に部屋を取って車を預け、馬を借りて領地に向かった。

ミルドレッド皇女がエイベルの領地を訪ねてきたのは、ふたりが現地に到着して三日後のこと。

思いもよらない驚きの知らせとともに。

第九章　この作戦、果たして上手くいきますかしら

閉鎖されていた領主の館は、埃くさく湿っていた。

無理もない。アンジェリカたちの一日早い到着は、領地を管理する家令にとってはまったくのふいうちだった。

「せめて一言でも、ご到着が早まるとお知らせくだされればよろしかったのに」

家令の老女はそういいつつも、てきぱきとふたりを案内する。

「申し訳ありませんわ、家令さま」

アンジェリカは家令の老女とともに二階の窓を開けながら彼女に詫びる。

二階建ての広い館は皇子宮よりずっと広かった。前庭の噴水は枯れていたが、雑草などには覆われていない。これも定期的な手入れがなされている証拠だ。

「せっかくですから噴水の水を流しましょう」

家令は家具の布をすべて取り、腕に抱える。

「幼いころのエイベルさまは、あの噴水におもちゃの舟を浮かべるのがお好きでした。お母上の目を盗んで噴水に落ちて、びしょ濡れになってらっしゃいましたよ」

窓から前庭を見下ろすと、エイベルが厩につないだ馬に桶で水を運んでいた。駅近くの宿で借りた馬だ。

身分の高い人間なら使用人に任せるような仕事でも、エイベルは率先して行っている。しかもここは彼の領地で、命じたら使用人など何人も集まるだろうに。

彼の姿を目で追いながら、アンジェリカは尋ねた。

「子ども時代のエイベル……殿下は、どんな方でございましたんですの」

「活発で明るくて、やんちゃで。お母上であるユーフェミアさまは手を焼いておられましたよ。でもその明るさを、この土地のみなは愛しておりました」

「明るくて、やんちゃ……!?」

アンジェリカは驚きに目を剝いた。

いまのエイベルは、努めてクールに、冷静に振る舞おうとしている。暗いわけではないが、〝やんちゃで明るい〟という形容からは少しばかり遠い。

「あの、お母上さまのこと……断片的に聞いたくらいでございますけれど、ご領地のみなさまにも、とてもショックでございましたわよね」

口に出すにはあまりに繊細な話題だが、ここにきた目的のひとつ。アンジェリカは慎重な口調で家令に話を切りだす。

「〝母殺し〟という殿下のひどいうわさは、むろん、聞き及んでいます。でも、領民はだれも信じておりません。きっとやむを得ない理由があったはずだと」

家令は声のトーンを落として答える。

「亡きユーフェミアさまは、領民への支援を手厚く行ってくださる方でした。あの方の設立した育英基金で子どもたちは病を治し、学問も修めています。エイベルさまもその基金にさらに出資してくださったんです」

「それは、ここを離れて皇子宮に蟄居されて以降に？」

はい、とうなずく家令にアンジェリカは呆気に取られる。ごくわずかな使用人しか置かず掃除も家事も皇子自らが行う、あの清貧ぶりに納得がいってしまった。

「領民たちは殿下と姫さまにごあいさつしたくてうずうずしておりますよ」

家令は声を明るくしてアンジェリカにいった。

「片付けが終わって落ち着かれたら、ぜひみなにお顔をお見せくださいませ」

「あら、それでしたらちゃんと時間を作りますですわ」

アンジェリカは窓から身を乗りだし、広い前庭を見下ろす。

「せっかく大勢いらっしゃるなら、ここで宴会するのもよろしいですわね」

「宴会！　名案です、アンジェリカさま」

家令はしわ深い顔に嬉しそうな笑みを浮かべる。

「日刊マグナフォートの記事では、列車内で襲いくる悪漢を何名も倒したとか殺したとか書かれていましたから、どんな恐ろしい方かと思っておりましたけれど、こんな快活で親しみやすい方だとは予想外でしたよ」

こんなところまで悪名が……とアンジェリカは困惑の苦笑いをもらす。

「あの、もしかしたら皇都からお客さまがお見えになるかもしれませんの。客間を整えておきたいのですけれど」

「お客さまは身分の高いお方？　ならば使用人の方々がお泊まりになる部屋も片付けなくては。早速、今日の宴会の支度も含めて手伝いを集めてきます」

「え、もう今日に宴会⁉」

アンジェリカが戸惑ううちに、家令は大張り切りで階下に向かった。

まあ、いいか……とアンジェリカは思い直す。どうせあいさつが必要なら、いっぺんに済ませてしまうのは効率的だ。願ってもない機会である。

まだ埃っぽい部屋の掃除に、アンジェリカは早速取りかかった。

「ここにいたのか、アンジェリカ」

暗くなりつつある窓辺で本を読んでいたアンジェリカは、エイベルの声ではっと我に返る。あわてて、がたんと椅子を押し下げて立ち上がった。

「！　しまった、いま何時でございますですの」

二階の掃除と散策中に図書室を見つけ、書棚にぎっしり詰まった蔵書のなかから帝国法典も見つけて、すっかり読みふけってしまったのだ。

エイベルは礼服に着替え、扉口に立っている。

「宴会がそろそろ始まる時刻だ。僕はひと通りあいさつはしたが、みな、君を見たくていまかいまかと待ち焦がれている。侍従長たちもすでに宴会の場だ」

車より足の遅い馬車は、夕刻に館に到着したにもかかわらず、荷ほどきは早々と終わっていた。集まっていた領民たちが手伝ってくれたのだ。

「なんですって、着替えもしておりませんでしたわ」

あたふたと本を棚に戻すアンジェリカに、エイベルは何気なく尋ねる。

「君の、お望みの書は見つかったか」

アンジェリカは振り返り、肩をすくめて小さく笑った。

「ええ、でもお目当ての相手が乗ってくださらなければ、無意味ですけれど。そういえば……ティモシーどのは到着されました？」

「まだだ。手紙を届けに行くだけでこんなに時間がかかるはずがないが」

「宴会が始まるまでに到着すればいいのですけど……いけない、着替え、着替え！」

アンジェリカは大慌てで図書室を飛びだす。エイベルはその背中を見送り、ティモシーを案じるように窓を見てから自分も身をひるがえした。


礼服に着替えたアンジェリカが、館の前庭の宴会場にあらわれる。

日刊マグナフォートのゴシップ記事は皇都から離れたこの地でも広く読まれていたから、領民たちは好奇心もあらわな目で遠巻きにしていたが、エイベルが紹介をしたあとは徐々に徐々に輪を縮めてきた。

アージェントンのひとびとはくったくがなく、気取りもなかった。総じて素朴な性で、育英基金のおかげか性別の差もなくみな学びに熱心だった。

「この子は、殿下とお母上さまの援助で一命をとりとめました」

エイベルの前に、十代そこそこの子とその父母が進みでる。

「来年、皇都の商会に会計を学びに奉公に上がることになりました。いずれ会計士として、殿下のお役に立ちたいと申しています」

「志に感謝する。だが役に立つ、立たないなど気にするな」

　エイベルは、母と死に別れたときの自分と同じ年ほどの少年に告げる。

「学びによって、君の世界が広がることを祈っている」

　多くの領民がエイベルの周囲に集う。みな、久しぶりに見るエイベルの成長した姿に驚き、元気な様子を喜び、声をかけ、笑いかける。

　その様に、アンジェリカはどこかほっとする心地になる。

　母を失い憎しみにとらわれ、自らを皇子宮に閉じ込めていた孤独な皇子。周りは〝母殺し〟とそしるひとびとばかりで、彼の味方などごくわずかに見えた。

　だがこうして外に出れば、彼を温かく迎えるひとびとが、共同体がある。ささやかでも恃みにできる拠り所があるのだ。それが、アンジェリカには嬉しかった。

「アンジェリカさま、街で生産している酒です。ぜひ」

　給仕の采配が一段落した家令が、盃に入った果実酒を持ってくる。

　礼をいって口をつけると、甘いがかなり強めの酒で、アンジェリカは気に入った。

「アージェントンのマグナイト鉱山は、どのような状態でございますの」

　ふと思いつき、アンジェリカは尋ねる。

「エイベル殿下はその視察をしたいとおっしゃっておられるのですけれど」

「視察……ですか。放置もいいところで、現在はただの雑木林の山ですよ」

　家令は困った顔で首をかしげて考え込む。

「ユーフェミアさまご存命のときに皇都から調査団がきましたが、そこからまったく手つかずで。殿下は、鉱山の開発をされたいのですか？」

　アンジェリカはとっさに答えに迷う。

　鉱山を取引の材料にするからには、エイベルも試掘程度は考えているだろう。しかし家令の反応はいまひとつ乗り気ではないように見えた。

「いえ、ずっと放置されてきたので、様子だけでもご覧になりたいのかと」

「そうですか。それなら、よいのですが……」

　家令が思わしげに、テーブルの料理を載せた皿に目を落とす。

「……開発には、お気が進まないのでございますね？」

　アンジェリカの問いに家令は小さくうなずく。

「ほかの鉱山のように国外資本に買い取られ、開発で多くのひとびとが入ってくれば、街は変わるでしょう。いまのような牧歌的な空気は消えてしまうはずです」

　寂しげな口調だった。アンジェリカは杯を握りしめ、宴会の場を眺める。

　エイベルだけでなく、侍従長や侍女長も郷里に戻れて嬉しそうに多くのひとたちと会話をかわしていた。

住民たちはみな一張羅のような晴れ着で、しかしどれも時代遅れのデザインだった。きっと代々受け継がれてきた服なのだろう。古着を丁寧に仕立て直して着つづけるつつましさ。育英基金への深い感謝も、自力では勉学や医療にかかるのが難しい貧しさの証拠である。

鉱山開発による富はこんな街にこそ必要だ。とはいえ家令の懸念もよくわかる。

「殿下が伝手のある国内の商会に開発を任せても、でございますか」

考えながら、アンジェリカは家令に尋ねる。

「街が富めば、みなの暮らしはいまより楽になるのではございませんかしら」

「ええ、そのとおりです。ただ、その、人間は変化を恐れるものですから」

家令は控えめな笑みでアンジェリカを見上げる。

「エイベル殿下や姫さまには、なにかお考えがあるのでしょう。きっと我々のこともないがしろにしないと信じております」

家令の言葉は、あからさまではないが牽制と懇願に聞こえた。

領地の鉱山を、自分たちは単に取引の道具だと扱っていた。だが当たり前にこの土地にはひとびとが生活している。富がもたらされて喜ぶものが生まれる一方で、大きな変化に戸惑い、失意の念を抱くものも生まれる。

アンジェリカは自責の念にかられた。国を改革したいと望みながら、現実の民を無視するような認識をしていたなんて、と。

「あ、あの、アンジェリカさま……騎士さまはいつ、こちらに」

そのとき、遠慮がちな声がした。振り返るとメルが立っている。

「いえ、まだでございますわ。夕方からずっと待っているのですけれど」

「どうかなさったんでしょうか。手紙を届けるだけでこんなに時間がかかるなんて」

メルは必死な様子でいいつのった。

「あ、あの、よければ、わたしがいまから皇都まで様子を見に戻っても……！」

アンジェリカは驚いた。ひとつ場所にとどまっていたいというメルが、ひとりで皇都まで戻ろうとは。よほどティモシーを心配しているようだ。

「落ち着いて、メル。ティモシーどのは腕の立つ方でございますわ。こんな夜にあなたのような女性ひとりで皇都まで行くほうが、よほど危険でございますわよ」

アンジェリカは小柄なメルの肩にそっと手を置いて語りかける。

「不安はわかりますわ。朝になってもまだお見えでないようでしたら、家令さまにお願いして、皇都にひとを送るようにいたしましょう」

「でも、でも……心配で食事ものどを通らなくて。早く朝にならないかと……」

かたわらにいた家令が、涙ぐむメルの肩を抱きしめて優しく声をかける。

「温かいお茶を飲んで、室内で待ちましょう。だいじょうぶ、偵察の人員を手配して派遣するようにしますから」

涙ながらにうなずくメルの肩を抱き、家令は会釈してその場を離れていく。アンジェリカは家令に感謝しつつ、館に消えていくふたりを見送った。

「だれだ、名前を告げろ」「待て、勝手に馬で入るな」

門の方角で騒ぐ物音がした。宴会のひとびとが振り返る。はっとアンジェリカがエイベルのほうに目を向けると、彼はいちはやく門へと走っていた。

アンジェリカも杯をテーブルに置いて走りだす。かがり火に照らされる門の前では、馬に乗った見覚えのある人物が門衛と押し問答していた。

「通せ、彼を待っていた！」

エイベルの声に、馬上の人物は片手を大きく挙げて応えた。

「殿下、アンジェリカ姫、遅くなりました！」

門衛がすぐさま道を開け、ティモシーは馬から降りて駆け寄ってくる。

「すみません、ミルドレッド殿下の皇女宮に書簡を届けにいったら、そこの門衛からこんな早朝に書簡など不審だといわれまして押し問答になってて」

　ティモシーは申し訳なさそうに頭をかく。

「振り切って逃げようと思ったんですが、ここで面倒事を起こしたらアージェントンまで追ってこられるんじゃないかって考え直したんです」

「それで、どうした」

「皇女殿下がお目覚めになるまで、客間でゆっくり待たせていただきました！」

　明るく答えるティモシーにアンジェリカはぐったり肩を落とした。メルの泣きそうな顔を思いだすと、彼の呑気さには呆れてしまう。

「……まあ、いい。それでは無事に手紙は届けられたんだな」

「ええ、ご本人に手渡しし、返信もいただきましたよ」

　といってティモシーは上着のうちから香水のついた封筒を取りだす。エイベルが目配せしたのでアンジェリカは受け取ると、ティモシーを見上げる。

「騎士さま、メルがとても心配しておりましたですわ。館で家令さまと一緒にいるはずですから、少しでも顔を見せてさしあげてくださいませ」

「え？　はあ、はい。しかしなぜ侍女どのがおれの心配を？」

　脇腹を小突いてやりたくなったがアンジェリカはこらえて「よろしくお願いしますですわね」といって、エイベルとともに身をひるがえす。

ふたりはまっすぐに図書室に入り、ミルドレッドからの返信を開いた。

〝……残念だけれど、被災民の避難所を訪問するのは延期ということね〟

さすがミルドレッドは、皇宮の臨時会議についてすでに耳にしているようだ。

〝皇后陛下と対立するあなた方に、残念ながらお味方はできないわ。投資は回収できてこそだもの。とはいえ……そちらのお申し出はそれなりに興味深いこと〟

こちらの思惑に釘を刺しつつも、華やかな香水とともに彼女は記す。

〝今日より三日後、静養のためにおうかがいさせていただくわ。どうご歓待くださるか楽しみにしていてよ〟

「いかにも自分の立場が上だという雰囲気でございますわね」

「腹は立つが、そのとおりだからな」

言葉とは裏腹に、エイベルは淡々とした声音でいった。

「とはいえ、皇都から引っ張り出せるのは上出来だ。彼女が到着するまでに調べておきたいことは済ませておきたい」

「調べておきたい……鉱山の視察、でございますの？」

家令の話を思い出しながら尋ねると、いや、とエイベルは首を振る。はっとアンジエリカは気づいた。

「お母さまのことでございますわね」

エイベルは反応せず、窓に歩み寄って外を見下ろす。

宴会のにぎやかさが二階のこの部屋まで届く。ティモシーの笑い声も聞こえた。彼もこの街出身だから、旧知のひとびとと再会を喜び合っているのだろう。

「前にも話したが、母を手にかけたあの日の僕の記憶はあいまいだ。ここにくれば思いだすかと思ったが……」

窓ガラスに映る彼のまなざしは、眼下のにぎやかさとは裏腹に暗かった。アンジェリカは寄り添うように、彼の隣に立つ。

「お母さまの最期のときの話を聞いて、考えたの」

素の言葉遣いに戻り、アンジェリカはためらいがちに切りだす。

「エイベル、あなたはなぜあのとき、大人に助けを求めなかったの？」

なに、とエイベルは鋭いまなざしでアンジェリカを振り返る。

「いったはずだ。この館には僕と母のふたりしかいなかった」

「これだけの広い館よ。使用人の数はひとりふたりじゃなかったはず。なのに、なぜ肝心なあのとき、まだ十三歳のあなたとお母さまはふたりきりだったの？」

エイベルは唇を噛む。アンジェリカは慎重に問いをつづける。

「お母さまのお部屋はどこにあるのかしら」

「二階の端、南側の離れのような部屋だ」

「二階……襲撃犯が忍び込むのはそれなりに難易度が高そう。ひとがいないなら難易度も大きく下がるだろうけど。でも、なぜあなただけが残ったの？」

考えをめぐらせるように疑問を口にしていたとき、ふいにエイベルの顔が凍りつく。かと思うと蒼白になり、ふらついて窓枠に手をついた。

「エイベル？　どうしたの！」

アンジェリカは驚いて一歩踏みだす。

エイベルは両手で顔を覆い、苦痛をこらえるようにうなだれている。アンジェリカが肩に手をかけても無言だったが、ややあって大きく息をついた。

「……母は、僕にこういった」

胸の奥の黒い重石を吐き出すように、エイベルは重苦しい声でいった。

「〝沈黙が貴方を救う〟――と」

アンジェリカが眉をひそめると、エイベルは震える声でつづける。

「君の言葉で、やっと僕は悟った。母は襲撃犯がだれか知っていたんだ。沈黙で身を守らなければ、命が危うくなるような相手なのだと」

とっさに意味を測りかねた。エイベルの言葉をアンジェリカは脳内でぐるぐると回しながら考えて、はっと息を吞んだ。

「もしかして……それが館にひとがいなかった理由？」

エイベルはやっとうなずき、苦々しい口調でつぶやく。

「君のいうとおり、館には家令を始めとして多くの使用人がいた。彼らを館からひとり残さず人払いできるのは、主人である母しかいない」

「つまり……お母さまは、訪問者の正体をだれにも知られたくなかった？」

「あるいは、その訪問者に人払いを頼まれたか……ということだな」

そういって、エイベルは唇を引き結ぶ。アンジェリカも口をつぐんだ。渦巻く疑問と疑念があるのに、どちらも上手く言葉にできない。

「まだ記憶はおぼろげだが、少しずつ思いだしている」

ややあってエイベルは大きく吐息をつくと、頭を振る。

「あの日、僕が館にいたのは、おそらく訪問者を見たかったか、会いたかったかだ。母が人払いをするほどの訪問者に興味があったんだろう」

子どもじみた理由だった。しかし、幼いころのエイベルは快活でやんちゃだったという家令の言葉をアンジェリカは思いだす。

……と考えて、いや、とアンジェリカは思い直す。

たしかにやんちゃではあっただろうが、いまの彼からすれば聡明だったはずだ。その彼が、そこまでして会いたかった相手ということでは——。

「ねえ、エイベル。どうしてお母さまは皇都に住んでいなかったの」

声を低め、ささやくようにアンジェリカは尋ねる。

「皇室の秘宝の〝氷湖の瞳〟をさずけられるくらい皇帝陛下の寵愛を受けていたのに。なぜ、皇都から離れたこの街に？　体が弱かったから療養のため？」

「かんたんな話だ。ヘロイーズ皇后のせいだな」

呆れ混じりの声音で、エイベルは答えた。

「父は、前皇帝によってヘロイーズと婚約させられたが、母と出会ってからはその婚約を無視してのめり込んだ。だが皇后の家はかなりの資産と影響力のある大公爵家だ。母を寵姫としたことで貴族と皇室で対立が生まれるほど、険悪な軋轢を生んだ」

外のざわめきに歌が混じる。弦楽器の音も響き渡る。その音に合わせて多くのひとびとが歌いだす。思わず耳を傾けたくなる楽しげな歌と音色だった。

だが、アンジェリカは身をこわばらせてエイベルの話に集中する。

「僕が生まれて数年後、父はやっとヘロイーズを皇后として迎えたが……」

いつも冷徹な態度のエイベルが、悔しげに顔を歪める。

「母は僕とともに皇宮から追いだされた。名目は療養だが、実際は皇后の不興を買ったのと、そこから生まれた貴族派と皇族派の対立をなだめるためだろう。父は母をかばわなかったのか、それともかばい切れなかったのか、わからないが」

だから、とエイベルは目を伏せる。

「僕にとって、この地は大切な故郷だ」

うなだれるエイベルの手に、アンジェリカは自分の手を重ねる。

「……エイベル。だったら鉱山の開発は慎重にしたほうがいいと思う」

頭を上げるエイベルに、アンジェリカは家令の話を語る。真摯に耳を傾けていたエイベルは、ふ、と息を吐いて壁に背を預けて仰向く。

「君がいなければ、そんな話も聞けなかったかもしれないな。となると、いよいよミルドレッドとの交渉が重要になってくる」

アンジェリカも重苦しい心地になる。

皇后が、幼い皇帝の代わりに摂政の役目を務めるようになれば、さらにエイベルの立場は悪くなる。国の改革など望むべくもない……。

「そうだ、皇后って皇族派じゃなかったの？」

ひとつ浮かんだ疑問を、アンジェリカは口にする。

「あなたのお母さまのために、貴族たちと皇室で対立が生まれたのよね。貴族である実家の、大公爵家の味方をするんじゃないの？」

「彼女は権力欲が強い。すべてを自分の意のままにしたい性でもある。たとえ実家だろうと、指図されるのは我慢がならないんだろう」

「そうね、軍務大臣もお気に入りを任命していたし」

ふたりは窓辺に並んで腰かけて話し込む。

「でも大法典で読んだけれど、国務大臣は首相が任命するのよね。どうして皇后が好きに軍務大臣を決められるのかな」

「いまの首相は皇后の義理の弟だ。大公爵家に養子に入った男だな。議員たちがなにかいっても金で黙らせられると聞いたことがある」

「ふうん……。大公爵家って、ずいぶんと資金力があるのね」

何気なくアンジェリカがつぶやくと、エイベルはふと眉をひそめた。

「そうだ、不思議と影響力も資金も尽きない。政界や社交界に食い込み、議会でも意見を主導するために、かなり金を使っているはずだが」

「案外、借金でもしてたりしてね」

軽い口調でアンジェリカがそういったとき、ふいに図書室のドアが開いた。

「ここでしたか、殿下、アンジェリカ姫！」

あらわれたのはティモシーだ。酒が入っているのか上気した顔をしている。

「そろそろ宴会もお開きなので、みんながおふたりにあいさつをしたいと」

「わかった。途中で離席してすまなかったな」

エイベルが腰を上げる。アンジェリカもつづいて腰を上げ、スカートの埃をはたきながらエイベルに告げる。

「じゃあ、お母さまのことはまた明日ね」

「ああ。……母の部屋に入る勇気を出さなくてはいけないな」

エイベルはアンジェリカに向き直り、そっと手を差し出す。

「自分で調べようといっておきながら情けない話だが、もし可能なら……君も、ともにきてくれたなら嬉しいのだが」

「もちろん！」

アンジェリカが明るくいって手を握り返すと、エイベルはほっと息をつく。

その様にアンジェリカは胸が詰まる心地がする。

母親が亡くなってから六年。すなわち、皇子宮に彼が蟄居してからの年月。

自分を閉じ込めるには長いが、忘れるにはあまりにも短い年月。

復讐と憤りで自分を鎧うことをしなければ、彼は生きてこられなかったのだ。

エイベルの背中をそっとさすり、アンジェリカは彼とともにティモシーが待つ図書室の扉口へと歩いていった。


――翌日の朝。

エイベルはアンジェリカとともに閉ざされた部屋の前に立つ。美しい彫刻のある大きな扉は、それだけでここが主の部屋だと示していた。

「半年に一度は、窓を開けて風は入れてまいりましたけれど」

家令が扉を開けたとたん暗く湿った空気が流れでて、エイベルは顔をしかめる。重いカーテンを家令が開けると、夏の光がいっぱいに射し込んだ。

明るくなる部屋を、目をそむけたい気持ちをこらえてエイベルは見回す。

床にはなんの跡もなかった。十三歳だったエイベルが、血まみれの母の胸に泣きながらナイフを突き立てたあの日の痕跡――見たくなかった血の染みなどもなくて、綺麗に磨かれたモザイク模様の床があるだけだ。

家具だけでなく、ベッドにも天蓋のうえから布がかけられていた。

大怪我を負った母は部屋の中央に倒れていて、それをエイベルが見つけたのだ。だからわざわざベッドから起き上がり、訪問者を迎えたに違いない。

六年ぶりに母の部屋に入ったことで、抑えつけていた記憶がしだいにあらわになってくる。と同時に息もできないほどの苦しみもさらに増してくる。

荒い息で上下する母の胸にナイフを突き立てた瞬間の感触。

自分の手に伝わる、刃が肉に食い込む感覚。母の断末魔のか細い悲鳴――。

耐え切れず、きびすを返して部屋から出ていきたくなった。だがこぶしを握りしめ、震えをこらえて、エイベルはその場にとどまる。

「家令。母が……死んだ日のことをくわしく知りたい」

その問いを発するだけでもひどく口が重く感じられた。だが、そばに立つアンジェリカの存在を励みに心を奮い立たせる。

「あの日、館に使用人がだれもいなかったのは母が人払いをしたのか」

さようでございます、と沈鬱な顔で家令が答える。

「大切な訪問者がお見えだからと。その方は、この訪問をどうしても秘密にしたいとの仰せで、お迎えもおもてなしも要らないからと、そうおっしゃって」

やはり、とエイベルは昨夜のアンジェリカとの会話を思い起こす。

「襲撃犯の正体の手掛かりはないのか。僕の……記憶では、あの時間帯は早朝だった。さほど広い街じゃない、よそ者がいればすぐにわかるはずだ」

「皇都へ向かう街道を馬で疾走するマントの人物を目撃したという情報はありました。ですが、それ以上のことはなにもわからず、いまに至ります」

家令は申し訳なさそうに首を振る。は、とエイベルは詰めていた息を吐く。

やはり、素直に真相がわかるものではない。六年も前なら、自分だけでなくだれの記憶もあいまいだろう。

「こちらが、わたしが日記代わりにつけている館の記録です」

家令はエイベルに分厚い冊子を差しだす。

「六年前の経緯も、細かく記載しております。殿下がユーフェミアさまのお部屋に入りたいとおっしゃられたとき、必要になるかと持ってまいりました」

エイベルは「感謝する」と答えて受け取ると、隣にいるアンジェリカにも見えるように広げる。アンジェリカが感嘆の声でいった。

「すごいのですわ。とてもきめ細やかな記録でございますわね。ほかの領地の家令さまたちも、こんな記録をつけてらっしゃるのですかしら」

「さあ、どうでございましょう。その土地土地で変わってきますから」

家令が謙遜気味に答える。

「この記録形式も、殿下の祖父君で、法務大臣だった先代さまが、皇室のやり方を真似て記録するように命じられてからだと、先の家令からうかがっていますよ」

エイベルは記録を読み、当日の記憶を思いだす。

あの日、たしか自分も、館からの退出を母に命じられた。だが仲の良かった使用人に頼み込んで退出を擬装し、母の部屋のクローゼットに隠れて訪問者を待った。

ならば、母と襲撃者との会話を耳にしたか？ ……覚えがない。クローゼットの扉を閉めていたから、くぐもった声と気配しかわからなかった。

エイベルは部屋の壁のクローゼットに歩み寄る。

扉を開けるとなかはかなり広く、歩いて入れるくらいだった。壁際にはトルソーやハンガーをかける横棒が並び、亡き母の衣装がそのままかけられている。

「扉を閉めてみる。外で会話してみてくれないか、部屋の中央で」

アンジェリカに告げてエイベルは扉を閉めた。

耳を押し当てるが、やはり声はかすかに聞こえても会話の内容はわからない。大きな声や物音を立ててもらったが、それでも細部は不明だ。

重い気持ちで外に出て、待っていたアンジェリカに首を振る。

　彼女はあごに人差し指を当てて考え込んで、ぱっと頭を上げる。

「館の記録は、皇宮を真似したのだと家令さまはおっしゃいましたわよね。どうにかして当時の皇宮の記録を読めませんですかしら」

「なぜだ。皇宮の記録が母の死になにか関係があるとでもいうのか」

「お母さまがわざわざご自分ひとりで秘密裏にお会いしようという方ですわ。それなりのご身分で、素性をご存じだったお相手ではございませんこと」

　はっとエイベルは、あの日の昼間、皇都に向かう街道を疾走していた馬があったという目撃情報を思い返す。

「まさか……皇宮の関係者だと？」

「家令さまの記録には、館に出入りしたひと、お母上やエイベルさまがいつどこへ出かけて、戻られたかも記されておりますですわ」

　アンジェリカは冊子をめくりながら答える。

「皇宮の方式に倣ったのなら、おそらく同じように皇宮に住まうもの、皇宮を訪れるものの記録があるはずでございます。だから、もしかして……と」

　エイベルは考え込む。ひどく、いやな不安が押し寄せてくる。

「ミルドレッドの訪問は明日だな」

目を上げて、エイベルはアンジェリカたちに告げた。

「丁重なもてなしができるよう、入念な準備をしよう」

◆

アンジェリカたちのアージェントン到着より、かっきり三日後の昼。

皇都から二日半も時間をかけて、ミルドレッドはアージェントンまでやってきた。

何頭もの馬での護衛と馬車を数台立てた、皇女含めて二十名もの大行軍だ。

早馬の先ぶれが到着し、取り次いだ家令から一行の詳細を知らされたのは、アンジェリカたちが朝食の席についたときだった。

「こちらの予算も顧みず、大人数で押しかけてらっしゃること！」

「準備しておいてよかったな。その人数ならなんとか部屋は足りそうだ」

アンジェリカが憤然とする一方、エイベルはパンをちぎりつつ淡々と答える。

街のひとびとの力を借りて、館は隅々まで磨き上げられていた。食事や食材、茶菓子の準備も万端だ。とはいえ、皇都の洗練ぶりに慣れたミルドレッドが満足するかどうかは、わからない。

アンジェリカはつと重い気持ちになり、パンをちぎる手を止める。

「わたくしが提案してのお招きですけれど……果たして上手くいきますかしら」

「僕は、そこは心配していない」

エイベルは目を上げ、励ますように強い声でいった。

「有利な立場なのに、彼女はわざわざ皇都から離れた地までやってくる。手紙では澄ましたことを書いていたが。つまり、だ」

エイベルはかすかに笑みを浮かべてみせる。子どものころのやんちゃぶりがのぞくような、どこかいたずらっ子なほほ笑みだ。

「彼女も、弱みがあるということだ」


真昼の光を浴びて、ミルドレッド一行はやってきた。

だれもが大仰な衣装を着て、汗をかいている。侍女に手を取られて馬車から降り立った皇女は、ひとりだけ涼しげな夏のドレス姿だった。

「ようこそ、ミルドレッド。足労に感謝する」

優雅にほほ笑むミルドレッドの手をとって、エイベルがあいさつをする。

「お招きありがとう。アージェントンを訪問するのを楽しみにしていたの」

アンジェリカも進み出て、できるだけおだやかな声音で告げる。

「お暑いなか、お供の方々もお疲れだと思いますですわ。井戸で冷やした薔薇茶がございますの。どうぞお入りくださいませ」

「行き届いたお心遣いね。それではお言葉に甘えさせていただくわ」

悠然とした態度のミルドレッドを、アンジェリカはエイベルとともに案内する。

家令がアンジェリカら三人を二階の応接間へ導き、侍従長や侍女長が供のものらを広間へと誘導した。

二階の応接間ではティモシーが扉口で護衛に立ち、控えていたメルが緊張気味に冷たい薔薇茶や茶菓子を運んでくる。

「早速だけれど、人払いをお願いできるかしら」

薔薇茶を一口飲み、落ち着いた頃合いで、ミルドレッドが切りだした。

早速、というほどの性急さもない余裕ぶりだが、大事な話をしたいのだと察して、エイベルが扉口のティモシーとメルを下がらせる。

「人払いをして、どんな話だ」

三人きりの部屋にエイベルの声が響く。アンジェリカは自分の緊張を悟られないように、薔薇茶を飲んで息をつく。

ミルドレッドが澄まし返った顔で口を開いた。

「返信にはああ書いたけれど、ここを訪問させていただいたのは、あくまで静養のためと思ってくださるかしら」

「かまわないが、その認識を通す意図は」

「直截的（ちょくせつてき）なことをいうのは好きではないのだけれど……要するに、ね」

ふふ、と意味ありげな笑みをミルドレッドはエイベルに返す。

「あなた方に協力をする気はまったくないの。なぜなら」

どきりとしてアンジェリカが息を呑むと、皇女はつやめく麗しい唇にいっそう蠱惑（こわく）的（てき）な笑みを浮かべて、驚くべきことを告げた。

「六日後、皇后陛下が議員議会に第二皇子の立太子の承認を求めると決まったわ。承認は確実よ。だから……」

うっとりするほど長いまつ毛に縁どられた瞳を向けて、皇女はいった。

「わたくし、皇后陛下のご不興は買いたくないの」

第十章　あなたの成果に、正当な評価をさしあげたいの

「六日後……⁉」

予想外の性急な成り行きに、アンジェリカは驚きで凍りついた。さすがにエイベルも声がない。黙り込むふたりを、小気味よさそうにミルドレッドは見つめる。

「こんな片田舎での蟄居を選んだのは、間違いだったわね」

薔薇茶のカップを持ち上げ、ミルドレッドはもったいぶって口をつける。

「……皇后の不興を買いたくないなどと、らしくないな」

エイベルが口を開く。話の深刻さとは裏腹に口調はさほど重くない。

「立太子の承認が、君の意志に関係するとは思えないが」

「あら、大いに関係するわ」

悠然とした態度を崩さず、ミルドレッドはカップを置く。

「実は、皇后陛下とあの方のご実家には、少々資金を融通しているの。踏み倒されるにはいささか惜しい額なのよ。失脚なさっていただきたくないの」

〝案外、借金でもしてたりしてね……〟

一昨日の夜、図書室でエイベルと語らったときの会話がアンジェリカの脳内でよみがえる。根拠もない憶測だったが、意外に的を射ていたようだ。

「無駄な吝嗇だ。たとえ皇族であろうと女性は固有財産を持てない」

エイベルが冷淡に返すと、ミルドレッドは細い眉の片方を小さく上げる。

「まあ、なんていい方。だからこそだとは思わないの？　どうせ一代かぎりの財産なら、わたくしの好きに活用させていただくわ」

「ですけれど、立太子が叶い、皇后陛下が摂政になられたなら……」

アンジェリカが控えめを装って口を挟む。

「債務不履行か、支払い停止措置を行う危険がございますですわよね」

かすかにミルドレッドのまなざしが尖った。その反応に目聡く気づきつつ、アンジェリカはさりげない口調で話をつづける。

「帝国法典に、似た事例がいくつか載っていましたわ。財政状況が悪化している近年、不履行でなくとも返済期間を百年ほどに延長されかねませんわよ」

ミルドレッドは無言で薔薇茶に口をつける。すかさずアンジェリカは追撃した。

「一代限りの財産が、無駄に費やされておしまいになりかねませんですわね」

「さらに君は、皇后だけでなく多くの貴族や皇族にも金を貸していたな」

エイベルがここぞとばかりに畳みかける。

「支払い停止措置の発動は、王侯貴族らにも広く支持されるはずだ」

「……仮定だけなら、なんとでも口にできてよ」

ミルドレッドはそう返すが、先ほどまでの余裕はいささか失われている。

「債務不履行など行えば、皇后陛下の信用は大きく失墜するわ。商人たちは皇后の事業に投資をしようとはしなくなるわよ。皇国の財政はいっそう悪化するのではなくて？　そこをわからないような愚かな方ではないわ」

「皇后の配下のクインシー男爵は鉱山開発商会を営んでいる。ほかの商人たちが撤退しても、彼なら好機として独占的に投資を行うだろうな。それに」

エイベルは動じることなく冷静に答えた。

「……たとえ君が財産を守ろうとも、婚姻すればそれは〝夫〟のものとなる」

ミルドレッドは押し黙った。奥歯を噛みしめているのか、かすかにあごがこわばっている。エイベルは容赦なく言葉を重ねる。

「君が結婚を望んでいなくとも、摂政となった皇后に命じられれば拒めない。皇国内ならまだいいが、同盟国との政略結婚もあり得る」

アンジェリカはひそかに膝のうえの手を握りしめた。

国外に嫁いだなら、なおさら財産は——特に不動産は没収される。

思っていた以上にミルドレッドの立場は弱い。いや、この国では女性の立場はこれほどまでに脆弱なのだ。アンジェリカは背筋が冷える心地になる。

いまミルドレッドが好きに振る舞っていられるのは、皇后への援助ゆえに目こぼしされているに過ぎない……。

「摂政となって実権を握ったなら、皇后はこれまでの君の貢献を顧みず用済みとしても不思議じゃない。あのひとの性分は、そばにいる君がよく知っているはずだ」

いたたまれない沈黙にエイベルの冷徹な声が響く。彼の言葉はまさに、いまアンジェリカが考えていたことだった。

「そんなにわたくしを脅したいほど、切羽詰まってらっしゃるのね」

ややあって、ミルドレッドが冷ややかにいい返す。

「どれもすべて憶測と仮定の話でしかなくてよ。それとも、わたくしにいま以上の財を与えてくださるとでも？　この領地にあるというマグナイト鉱山かしら。けれど、試掘もまだの鉱山など開発の費用に見合うだけの……」

「いいや、鉱山ではない」

一言で否定され、呆気に取られるミルドレッドに、エイベルが尋ねる。

「皇后が持つ譲位の書面の署名は、たしかに皇帝のものだったのか」

「ええ、皇后陛下は筆跡鑑定で本物との結果が出たと主張しているわ。とはいえ、お金で証言は変えられる。皇后陛下が雇った鑑定士なら、なおさらよ」

「ならば、君もその署名が本物だとは思っていないわけだな」

ミルドレッドは答えず、カップにまた口をつける。その前に、エイベルが一枚の書面を広げてみせた。

ミルドレッドはカップ越しに目をやり、はっと息を呑む。

「その書面……たしかあなたは会議で、お父さまから託された意志があると話していたそうだけれど、その意志というのは、まさか……！」

ミルドレッドはカップをたたきつけるように皿に置き、書類を引き寄せて真剣に目を通す。エイベルは氷の瞳でじっと彼女を見つめた。

「ここで署名している証人はだれなの。見覚えのない名前ね」

「父に仕えている執事と看護師だ」

「平民ということ？　お話にならないわ。せめて爵位のある貴族ならよかったのに。まさか、これを議会に出して皇后陛下と対立するつもり？　呆れたこと」

ミルドレッドは書面をテーブルにふわりと投げて、冷たいまなざしを向ける。

「皇后陛下がお持ちの譲位書には、皇后ご自身と義弟君である現首相の署名が証人として入っているのよ。お父さまの署名の真偽はどうあれ、信頼性においては皇后陛下のお手元にある書面のほうがはるかに高いでしょうね」

「そうだな。皇后とどう対決するか悩んでいたが、いま、勝機は見えた」

エイベルの冷静な言葉に、ミルドレッドの細い眉が跳ね上がる。

「君が力になってくれれば、皇后の優位が確実に覆せる」

「……本当に、呆れたわ」

ミルドレッドがまとう優雅な雰囲気が消え、鋼のような冷徹さが取って代わる。

「断言するからには、わたくしが味方をするだけの説得力ある見返りがあるというわけね。よくってよ、聞いてさしあげるわ」

「感謝する。いまから話すのは……」

エイベルは隣に座るアンジェリカにそっと信頼のまなざしを向ける。

「アンジェリカからの提案だ。そして僕はその案に同意した」

そう前置きして、エイベルは語りだす。

エイベルの話をミルドレッドは黙って聞いていた。茶を飲むのも忘れ、茶菓子に手もつけず、全身を耳にしたように聞き入った。

「なんて、馬鹿げた話！」

最後まで聞き終わり、ミルドレッドは強い声で吐き捨てた。

「たしかに皇国の人間には考えられない申し出だわ。特に権力に拘泥するような王侯貴族にはとても思いつかない、愚かしいまでの条件ね」

ぎらり、とミルドレッドは鋭くアンジェリカをにらみつける。

「なぜ、そこまでしてくださるの」

「皇女殿下。あなたが、とても優れた方だからでございますですわ」

ミルドレッドのはねつけるような鋼の冷淡さに、アンジェリカは静かに燃える熾火にも似た声音と真摯な態度で答えを返す。

「女性に生まれただけで築いた財産も成果も奪われてしまう国で、あなたは優雅に、したたかに抵抗し、自分の地位を築いてきた。でも、このままではその成果がなかったことになる。そんな危機に、いま間違いなく直面しているわ」

丁寧な言葉遣いを忘れ、アンジェリカは熱を込めて語った。

「ミルドレッド。わたしは、あなたが成し遂げてきた成果に、正当な評価を与えたい。一皇女として皇室の系譜に名前が書かれるだけではなく、〝ミルドレッド・ディ・ベリロスター〟として、皇国の歴史に名前が刻まれるように」

　アンジェリカの言葉に、ミルドレッドは唇をきつく結ぶ。そして思いを巡らすように、いまの話を吟味するように、長いまつ毛に縁どられた目を伏せる。

沈黙がつづく。アンジェリカもエイベルも、ミルドレッドの思考をさえぎることなく、黙って待ちつづける。

「……本当に、馬鹿ね」

　ようやく、ミルドレッドはつんとしながらも答える。

「静養といったけれど、皇都でしなければならないことを思いだしたから明日の朝には発たせていただくわ。それと、いまの条件を念書でいただけるかしら」

　徹底的に冷ややかな、尊大な態度で、皇女はつづけた。

「この三人の署名で、そちらに一通、こちらに一通、出発までに。あなた方の希望が叶った際には、皇室弁護士に諮って正式な書面を作らせていただくわ」

「わかった。いますぐ準備をしよう」

　エイベルがどこか安堵したような声で答える。アンジェリカは何度かまばたきしていたが、ふいにわあっと顔を明るくして腰を上げた。

「皇女殿下、あ、ありがとうございますですわ！」

「感謝などと軽率ね。まだなにも終わっていないのよ」

どこまでも冷淡にミルドレッドは返す。

「書かなくてはならない書簡が何通もあるから、部屋にこもらせていただくわ。お茶とお茶菓子、軽食を用意して。夕食は結構よ」

「了解した。それと、ミルドレッド」

エイベルが慎重な態度で切りだす。

「皇宮の家令がつけているはずの記録を調べてもらいたい。皇宮を出入りした人物、特に六年前の……」

一瞬、エイベルの言葉にためらいが生まれる。

「僕の母が、亡くなった月だ」

「それをして、わたくしになんの利益が？」

「……頼む」

エイベルは真摯に頭を下げた。ミルドレッドは美しい唇の端を吊り上げる。

「ひとを使うのがお上手ね。でも、あくまで調べるだけよ。もしそこで得た事実がわたくしの立場を危うくするなら、お伝えはしないわ」

といってミルドレッドは、やっとカップの薔薇茶を空にした。そして優雅な雰囲気を取り戻し、艶やかな唇に笑みを浮かべてこういった。

「移動で疲れたわ。手紙の執筆に入る前に午睡したいから、部屋に案内してくださる？　ベッドのクッションは多めにね」

「……本当にいいのかな、お母さまのお部屋を使わせていただくなんて」

その夜、埃くささが消えた広い部屋に足を踏み入れ、アンジェリカは尋ねる。

これまでアンジェリカとエイベルは二間つづきの客室を使っていた。だがその客室は、賓客であるミルドレッドにあてがわれた。

ティモシーやメル、侍従長や侍女長も、ミルドレッドの使用人たちに部屋をゆずり、家令の部屋で雑魚寝となっている。だからふたりでひとつの寝室を使うのも仕方がない。こんな広くて見晴らしのいい部屋に文句などいえない。

……いえない、のだけれど。

「安心してくれ。僕は長椅子で寝る」

案の定、エイベルはそういった。長身のエイベルが長椅子で足を折り曲げて寝るなどいかにも窮屈そうだ。

「駄目、ぜったい熟眠できない。だったらわたしが長椅子で寝る」

アンジェリカが即座に拒否すると、エイベルはためらうように考え込む。

「ならば……その、ええと、一緒の、ベッドで寝ればいい」

──一緒のベッド。

「い、いっ⁉ い……一緒、ということはつまり、ひとつの、ベッドで？」

アンジェリカは大いにうろたえるが、エイベルはそっけなく返す。

「これだけ広いベッドだ。あいだにクッションを挟めば、寝返りなどで君に触れてしまうような無礼はないはずだ」

「そ……そう、よね。うん、う、うん、わかった」

どぎまぎしつつ、アンジェリカはかろうじてうなずく。もう夜も遅い、早速ふたりは部屋中からクッションをかき集め、生真面目にベッドの中央に並べ始めた。

「あの、これじゃ、あなたのほうが狭くない？」

「いや、それだと君のほうが狭くなる」

ベッドのうえでふたりは領土の縮小を主張し合い、どうにかこうにか折り合いをつけてクッションを並べ終え、ようやく灯りを消す。

窓には重いカーテンがかかり、月明かりも差し込まない暗い部屋で、相手の顔は見えない。だが息遣いや身じろぎの気配はシーツ越しにも伝わってくる。

（こ、こんなの眠れない……！）

疲れているのに、いや、疲れているからこそ、アンジェリカは目が冴えてしまう。

明日も早朝からミルドレッドの出立を見送らねばならないのに。

ぎらぎらした目で暗い天蓋を見上げていると、隣で起き上がる気配がした。

「すまない、やはり、長椅子で寝よう」

「えっ、わ、ま、待って！」

驚いてアンジェリカは身を起こし、エイベルの腕をつかんで引きとめる。

「なっ⁉」「きゃあっ！」

しかしあわてたせいで力が強かったのか、エイベルは背後に倒れ、アンジェリカも巻き込まれ、ふたりはクッションを跳ね飛ばして一緒にベッドへ倒れ込んだ。

スプリングで体がはずみ、ふたりは上下に折り重なる。

胸の下にエイベルの胸板を感じて、はっとアンジェリカは顔を起こした。

いくら真っ暗な部屋でもさすがに夜目は利く。すぐそこに見えるエイベルの驚く顔と自分の失態に、アンジェリカは炎に炙られたように頬が熱くなった。

「……す、すまない」「い、いいえ、わたしこそ！」

急いで離れようとして、アンジェリカは思いとどまる。もしここで離れたなら、彼は本当に長椅子に行ってしまうはず。

（ああ、もう、どうしたらいいの？）

「手、そう、いっそ手をつないで寝ない⁉」「なっ……？」

破れかぶれでいい放つアンジェリカに、エイベルは絶句する。

「あの、つまり、横で寝てるっていう気配だけを感じてしまうから緊張が生まれるんだと思うの。だからいっそ、思い切って手をつなげばいいかなと」

どういう理屈なのか我ながら謎だったが、アンジェリカは考える前に急いでクッションをどけてベッド上を広くして、手探りでエイベルの手を握った。

「さ、さあ、寝ましょう。ね、明日も早いことですし！」

拒まれるかと思ったが、意外やエイベルは大人しく横たわる。いまだどきどきする胸をなだめながら、アンジェリカも隣に横になった。

握り合う手を意識する。涼やかな外見で、決してたくましくは見えないのに、エイベルの手は大きくて、アンジェリカの手を包むようだった。

（変なの。皇子宮の庭では手をつないだし、抱きしめられもしたのに）

けれど、その手の大きさと温かさに、しだいに動悸も収まってくる。相手の反応がはっきりわかる安心感のためかもしれない。

「……六日後の立太子承認の審議、阻止できるかしら」

ふと不安が口をついて出る。エイベルも同じ気持ちか、小さな吐息が聞こえた。

「ミルドレッド頼みなのが気を揉むな」

「でも、いま下手に皇都に戻るわけにはいかないものね」

ふたりは貴族や皇族たちとの接触が禁じられている。ミルドレッドとは会えたが、それも皇都の皇后から離れた場所だったからこそ。

とはいえ、ミルドレッドの動向は把握されている可能性が大だ。こちらの会談の内容はわからなくとも、危険性は充分察知されるに違いない。

「どうにかして、審議が始まる時刻には議会場にいなければならないな」

暗いベッドのうえにエイベルの声が響く。

「きっと、皇后には邪魔されるでしょうね」

さえぎるもののないベッドに並んで寝ているのに、およそふたりの会話にも醸しだす空気にも色気はない。それを思ってアンジェリカは少しおかしくなる。

「皇后は僕らが皇都に戻るのを警戒しているはずだ。審議当日、皇都の主要な門には妨害のために検閲が設けられるかもしれない」

「だったらその前に、皇都へ入っておかないと……」

話し合ううち、アンジェリカは眠気がやってくる。

「ここに落ち着いたばかりで残念だが、たしかに早いほうが……アンジェリカ⁉」

いつしかアンジェリカは深く寝入っていた。すう、という規則正しい寝息が天蓋の下に響き始め、エイベルは口を開けて呆気に取られる。

「僕は眠れないというのに……まったく、君というひとは」

エイベルの困惑のつぶやきが、暗いベッドのうえに落ちた。

それは、とても平和な夜だった。

ここから始まる怒濤（どとう）がうそのような、静かで優しい時間だった。

◆

「それでは、五日後に」

朝陽が射し込む玄関ホールで、ミルドレッドは婉然（えんぜん）とほほ笑む。

「あなた方が間に合わなければ、どんな工作をしても無意味だわ。わたくしの尽力、無駄にしないでくださるわね」

美しい唇で皮肉をまぶした言葉を残し、ミルドレッドは馬車に乗り込む。大所帯の一行を、アンジェリカとエイベルは館の正門まで見送った。

「いまから皇都へ潜伏する準備をしないとな」

一行の影が街道の向こうに消えるやいなや、エイベルがつぶやく。

「そうね。皇后はもう、わたしたちが皇都へ戻るのを警戒しているかもしれないけれど、行動は早いに越したことはないわ」

ふたりは館へ急ぎ戻ると、昨夜使用したエイベルの母の部屋に戻り、デスクの引き出しから封蠟付きの紐で留めた三つの書類を取りだす。

このうち二通は、ミルドレッドと交わした念書だ。法的効力はないが、三人が協力し合っていたことが記されている。

もしミルドレッドが裏切っても、この念書があれば、皇后からの信頼は失墜するだろう。お互いに約束を違えないよう牽制するための大切な書類だ。

そして、残るもっとも大事な一通。エイベルはそれをつかんで差しだす。

「アンジェリカ。君に、この譲位書を持っていてほしい」

「!?　エイベル、なにを……！」

予想だにしなかった言葉で、アンジェリカは驚愕する。

「皇后は僕自身が邪魔だ」

書面を返そうとするアンジェリカの手を押しとどめ、エイベルは語る。

「もし僕が捕らえられ、命を奪われても、君の手にこの書面があれば新聞社を利用して皇后の信頼を落とすことも可能だ」

「エイベル。わたしがあなたと離れると思うの？」

厳しい目でにらむアンジェリカに、エイベルは動じた様子もなく答える。

「君は頑固だから、望んで離れたりはしないだろうな。だが、万が一の場合がある。頼む、持っていてくれないか」

「……わかった。だけど、ぜったいに離れないから」

真摯な頼みに、アンジェリカは仕方なしに折れる。

「でも、ミルドレッドはだいじょうぶかしら。わたしたちを訪問したせいで皇后から怪しまれるか警戒されて、捕らえられたりするかもしれない」

「彼女もしたたかだ。この状況を利用して皇后に揺さぶりをかけているのだろう」

エイベルはまったく冷静に答える。

「ミルドレッドに援助されている弱味があるから、皇后は彼女の行動を制限はできない。もしも立太子の承認が済む前に彼女を怒らせ、資金引き上げや返済を公に求められれば、身動きが取れなくなるのは皇后のほうだ」

たしかに、とアンジェリカは納得する。

渦中の人物はエイベルなのに、彼はどこまでも冷静だ。自分を皇子宮に閉じ込めた六年のあいだに、身に染みて自制を学んできたのだろう。

エイベルの頼もしさにほっとしつつ、もっとしっかりしなければとアンジェリカは自分自身を胸のうちで叱咤する。

「ティモシー、話がある」

エイベルは扉の外で待機していたティモシーを呼ぶ。

「僕らはこれから、皇都に向かう。護衛のために同行しろ」

「は⁉ これからって、ええと、では皇子宮にご帰還するわけですか」

驚くティモシーにエイベルは小さく首を振る。

「いや、この三人で秘密裏の帰還だ」

「え……父や母や、侍女どのにも秘密で？ いったい、どんな緊急の理由なんです」

戸惑いながらティモシーが問い返したとき、ドアにノックの音が響いた。

「殿下、お話し中に申し訳ありません」

ティモシーがドアを開けると、家令が一礼する。どこか不安げな顔色だ。

「実は先ほど、街の警備隊から報告がありました。見かけない顔のひとびとが昨日の夕方辺りから街に入り込んでいるとのことです」

なに、とエイベルとアンジェリカは同時に緊張を走らせる。

「行商人や商会の人間を装っていますが、鉱山の開発状況を訊いたり、館におられる殿下や姫さまのご様子について尋ねたりと、不審な振る舞いが多いとか……」

エイベルはかすかに歯を食いしばり、それから口を開いた。

「家令、実は僕ら三人はこれから皇都へ秘密裏に帰還する」

「えっ⁉　な、なにか不手際がありましたでしょうか」

「いや、あなたになんの落ち度もない。だが僕らの帰還は、館の外部の人間には決して悟られないようにしてほしい」

家令はさっと青ざめる。理由はわからないが緊迫の状況だと察したらしい。

「暗くなったらすぐに出立する。街の人間が着るような男物の服を三人分と、荷馬車か荷車を、急いで調達してもらえないだろうか」

「か、かしこまりました。ただちに取りかかります」

青い顔ながらも、家令はてきぱきと答える。

「それと……家令、事が落ち着いたら相談したいことがある」

エイベルの言葉に、家令は「なんでしょう」といいたげに見返す。

「放置しているマグナイト鉱山を試掘し、正式に開発したい」

アンジェリカは思わずエイベルの顔を見上げる。家令は一瞬、寂しげな顔になるが、すぐにまた頭を下げた。

「殿下が所有される鉱山です。どうぞ、ご自由に」

「その開発を、この街に任せたいと考えている」

えっ、と家令は大きく目をみはった。

「相談役は派遣するが、この街で鉱山開発の商会を作り、利益もすべて街に還元したい。そうすれば、いまある基金が乏しくなっても安心だろう」

「そんな、そんな……殿下が先代さまよりゆずられた鉱山ですよ！」

「開発で潤えば、街のあり様はいやでも変わるはずだ。だが君らが開発を主導し、どう変わるか、どんな未来を築くかを自分たちで選び取ってほしい」

ぼう然とエイベルを見つめていた家令の薄い色の瞳がゆっくりと涙に濡れてくる。

エイベルは申し訳なさそうに目を伏せた。

「とはいえ、あくまで、事が無事に済んだらの話になってしまうが」

「いえ、いえ、そのお言葉だけで充分です。なにが起こっているのかわかりませんが、御身がご無事ならそれだけで嬉しく思います。……アンジェリカ姫」

家令はアンジェリカに向き直り、濡れた瞳で見上げた。

「ありがとうございます、エイベル殿下はこれ以上ない素晴らしいご伴侶にめぐりあえたと思いますわ。どうか、どうかお三方とも、ご無事で」

といって、家令は白髪交じりの頭を深々と下げた。

夏の黄昏に、牧歌的な街並みが薄暗く色を失っていく。

その薄闇にまぎれ、アンジェリカたちは出立した。

家令が急ぎ用意したのは幌のない荷馬車で、アンジェリカとエイベルは麦わらを積んだ荷台に隠れ、ティモシーが農民の服装で御者となった。

館を出て、二頭の馬に引かれた荷馬車は街道を目指して進む。行く先は車を預けた駅だった。引いている馬も駅の宿屋で借りたものだ。

「……メルをずいぶん心配させてしまったわ」

積み上げた麦わらに埋もれ、わずかな荷物を入れたリュックと鞘に入ったティモシーの剣を抱きしめ、アンジェリカは暗くなる夕空を見上げる。

侍従長や侍女長とともにメルは館に残った。離れ離れになる主人を案じ、護衛として付き添うティモシーのことも泣きそうなくらい心配な顔で見送っていた。

「君は突飛な行動が多いからな。仕方がない」

すぐ隣でエイベルがおだやかながら揶揄するように答える。

荷台は狭く、ふたりは麦わらのなかで肩を寄せ合っていた。油断していい状況ではないのに、荷車が揺れるたびに体が触れ合い、アンジェリカは胸が高鳴る。

「今回はエイベルの案だったでしょう」

照れくささを隠すために、アンジェリカはわざとぶっきらぼうにいった。

「まったく、無謀にもほどがあるよね。無事に皇都までつければいいけれど」

「君もこういう無謀な真似をして、皇子宮を抜け出していたと思ったが」

たしかにそのとおりだが、エイベルの澄ました口調にこちらばかり接触にどきどきしているようで、アンジェリカはますます恥ずかしさが増してくる。

なにかいい返してやろうと口を開きかけたときだった。

「……おい、待て、そこの荷馬車！」

ふいに怒鳴る声がしてはっと口をつぐむ。隣でエイベルも身を固くした。

「おい、危ないぞ。馬の前に立つなんて」

ティモシーの困惑の声が黄昏の闇に響き、馬のいななきと車輪ががたつく音がして、荷馬車はゆっくり停止する。どうやら強引に止められたようだ。

「領主の館の方角からきたな」「いま、エイベル皇子が滞在しているだろう」

声はふたつ、男。黄昏の薄闇は夜の闇へ移り、視界は悪い。ティモシーがマグナイトのカンテラを持っているが、荷台からでは相手の姿はよく見えない。

「皇子のことなんか知らないよ。俺は野菜を届けに行っただけだ」

ティモシーがわざと苛立ったような声で答える。いかにも戦いだけ得意に見えるが、彼はきちんと腹芸もできる人間だ。

「皇子の姿は見かけなかったか」「あの屋敷に護衛兵は何名いる」

しかし男たちはティモシーの話など聞かず、詰め寄っている。

「知りませんって。もう行っていいですかね」

そっけなくティモシーがいうと「黙れ」と乱暴な声がさえぎる。

「野菜を届けに行ったというが、農民なら早朝に働くはずだ」

「こんな夜に移動とはどうもおかしいな」

「！　勝手になんだ。あんたたちは何者だ。この辺の人間じゃないな」

男たちとティモシーがいい合う声が響き渡る。アンジェリカは麦わらのなかで、ティモシーから預けられている鞘入りの剣を握りしめた。

たとえ灯りで照らされても、山積みにされた麦わらに隠れてとっさにはわからないだろう。だが荷台に乗ってこられたら危ない。

息を呑んでいると、エイベルの手がアンジェリカの手を握りしめる。

力強い彼の手は、なにかを促すようだった。すぐさまアンジェリカは察して握り返し、一、二度、握手のように振る。その耳にいい争う声が届く。

「おい、なにするんだ、やめろ！」

ティモシーが困惑の声が、間近から少し離れた場へと移動する気配がした。どうやら御者席から引きずり降ろされたらしい。

その瞬間、アンジェリカとエイベルは荷台から飛びだす。

地面に落ちたカンテラの光が、道路上でもみ合う三人の人影を映しだす。ふたりの男に挟まれ、胸倉をつかまれているのはティモシーだ。

すかさずアンジェリカは鞘入りの剣を振り上げる。

「!?　な、なんだおまえら……うあっ！」

男のひとりが、剣にこめかみをぶん殴られて地に沈んだ。

即座にティモシーがもうひとりを殴り飛ばし、たたらを踏んで後退したところをエイベルの恐ろしい速度の回し蹴りが仕留める。

ティモシーがカンテラを取り上げ、うめいて地に転がる男たちを照らした。

服装は労働者風、顔や風体は皇国の人間のようだ。

「ふたりの手を照らして」

ふと目の端に小さな輝きを見つけて、アンジェリカが短く命じる。

カンテラの光が揺れて移動する。照らしだされた男ふたりの手は荒れてひび割れているが、光に当たってかすかにきらめいた。

「！　マグナイト鉱山の労働者か」

エイベルがかすかな驚きをこめて声を上げる。

マグナイトの原石は宝石のような美しさだ。発掘する者の手の傷に、原石の細片が食い込むことが多く、輝く手のひらはマグナイト鉱山の労働者の証だった。

「なぜ、鉱山の労働者が殿下たちを探すんですかね？」

ティモシーが困惑気味につぶやく。エイベルは答えず、痛みでうめく男の片方に馬乗りになり、懐を探った。ひとつの木札を取りだし、カンテラの光にかざす。

「通行証か。皇都の近くの鉱山の街だな……待て」

「……これは、イリヤが暴動を主導した街だ」

エイベルが小さく息を呑む。

アンジェリカは凍りついた。もしや、と悪い考えがこみ上げる。

イリヤが、労働者たちを利用して自分たちを追っている？

「すぐにここから移動する。応援がきたらまずい」

エイベルが立ちあがり、身を固くしているアンジェリカの肩をそっとたたく。

ぐ、とアンジェリカは歯を食いしばり身をひるがえすと、エイベルのあとにつづいて荷台に乗り込んだ。

「飛ばせ、ティモシー」

エイベルの命令に、すかさずティモシーが手綱を強く振った。

とたん、二頭の馬は駆けだす。揺れるカンテラの光とともに、荷馬車は館からの小道を出て、大街道へと走っていった。


——立太子承認審議の日まで、あと五日。

第十一章　わたくしも、あなたと離れたくはない

その日の宿は、駅から少し離れた農家の納屋だった。

夜をついて車を飛ばすより、態勢を立て直して対策を練ることにしたのだ。

「明日一日で、皇都までの距離をどこまで縮められると思う？」

農家から買ったパンを頬張りながら、アンジェリカは麦わらの山に腰を下ろしてエイベルに話す。ティモシーは納屋の外。交代で見張りをし、朝を待つ予定だ。

「車で大街道を飛ばせば皇都まですぐだが、かなり目立つはずだ」

「たしかに車は珍しいから目を惹くけれど、顔を隠しても駄目かな」

「僕らがミルドレッドから車を貸与されているのは皇宮の関係者は知っている。皇子宮を調査され、車がないことに気づかれているならいっそう危険だ」

「そうか……当然、わたしたちが乗っていったのも知られてるはずよね」

干し肉を挟んだパンを食べつつ、ふたりは話し合う。

「遠回りになるけど、線路沿いを走って、どこかの街で車を売るか預けるかして、馬に乗り換えたほうがいいのかな。わたしは乗馬はできないけれど」

「馬に乗り換えるのはいい案だ。君が乗れなくても僕が乗せていけばいい」

「車なら、皇都まで数時間の距離なのにね」

あーあ、と吐息をつくアンジェリカをよそに、エイベルは考え込む。

「アンジェリカ、鉄道で移動するべきかもしれない」

つとエイベルが口を開く。固いパンを噛んでいたアンジェリカはまばたきをした。

「鉄道？　それはなぜ？」

「街道を馬で移動するより早く着く。それにマグナフォート中央駅は下町の近くだ。日刊マグナフォート社を頼り、審議の日まで身を隠せる」

「たしかに早いけれど……もし、皇后が駅にも検問の人員を配置してたら？」

「皇都の門をくぐるのも同じだ。どのみち近くまで行かなくては話にならない」

エイベルは一瞬唇を引き結び、低い声でいった。

「……場合によっては、列車と馬で別行動も考えよう」

「エイベル!?　なにいってるの」

思わずアンジェリカは跳ねるように驚いてエイベルを凝視する。

「ティモシーと見張りを交代してくる。君は寝てくれ」

エイベル、とアンジェリカが名を呼ぶ声を無視して彼は出ていく。

彼が座っていた麦わらには空っぽのくぼみができていた。それを見下ろすアンジェリカの胸に、重苦しい不安がじわりとのしかかった。

翌早朝、朝もやの立ち込めるなかを、三人は出発した。

車の調子は驚くほどよかった。大街道をいけば陽の高いうちに皇都へ到着できるだろう。だが、襲撃を考えて大街道を外すルートを選んだ。

夏の光に照らされた郊外の景色は、今日も輝く緑が美しい。けれど心おだやかには眺められない。焦る気持ちばかりがしだいにつのっていく。

太陽がだいぶ天頂に近づく時刻、駅が見えてきた。

近年できたばかりの駅舎は貴族の屋敷のような建物だ。多くの乗客を想定しているのか、広々とした馬車回しまである。

しかし、その馬車回しに乗合馬車や荷馬車を引いたひとびとが集まっていた。

「見て、エイベル。駅の……あのひとだかり。なにかな」

遠くからでもよく見えて、アンジェリカが眉をひそめる。

「車を手前で停める。アンジェリカ、ティモシー、帽子で顔を隠せ」

そういって、エイベルは道端の並木の近くに車を停車させた。

アンジェリカは素早く赤毛をまとめ、帽子のなかに入れてピンで留めると、ティモシーを車の番に残し、エイベルとともに駅舎へ歩いていく。

「……いつ動くんだ」「困るんだよ、荷物を……」

ひとだかりに近づくと、声高の文句が聞こえてきた。アンジェリカは荷車のそばに立つ男たちに近寄り、声を低めて尋ねる。

「どうしたんだ。列車が来ないのか」

「どうもこうも、あの革命家のせいで鉱山の暴動がまた起こったらしい」

――暴動。そして、あの〝革命家〟。

凍りつくふたりの前で、男たちは口々に文句をいい立てる。

「朝からずっとここで待ちぼうけだよ。皇都に届ける野菜が腐っちまう」

アンジェリカとエイベルは顔を見合わせる。朝からということは、もっと前の時間帯から中央駅は封鎖されたはず。暴動もきっと昨夜のうちに起こったに違いない。

「列車は使えない、となると街道を車か馬で行くしかないな」

「でも、駅を封鎖するくらいなら街道も危ないわ」

エイベルのつぶやきにアンジェリカは声のトーンを落として返す。暗澹（あんたん）とした道行きに、重苦しさがつのっていく。

——立太子承認審議の日まで、あと四日。

◆

情報収集をしながら、大街道を外れてさらに小さな街道へと進む。

舗装の不十分な道では車は故障する危険性があるから、慎重な走行しかできない。

天気がいいのは幸いで、胸が空くような青空の下、道路の状態は良好だった。

「やっぱり、駅はまだ封鎖されているらしいです」

道々の畑で働く農民たちにティモシーが話を聞いてくる。三人は道の端に車を停めて地図をのぞき込み、危険そうな箇所を携帯のペンでしるしをつけていく。

「ここの街の外れで馬市が開かれていると聞きましたよ」

ティモシーが地図の一点を指し示し、エイベルがうなずく。

「馬を調達できるな。そろそろ移動手段を変えるべきか」

「残念だなあ、けっこう車の乗り心地よかったんですけどね」

運転できず、後部座席に座っているだけのティモシーは呑気にいった。

「あとこの辺りも、見慣れないよそ者が出入りしているらしいですよ」

ティモシーは話題を変え、困り顔でいった。

「さすがに皇都の兵士はいないようですが、やはり労働者風の格好のひとたちが先ごろから増えているとか。にぎやかな通りは避けたほうがいいですね」

「……早めに移動するべきだな」

ふたりの会話をアンジェリカは黙って聞いていた。

らしくないと思いつつ、どうにも胸がふさがって仕方がない。その胸のつかえを見据えて言葉にするのも怖くて、おざなりに相づちを打つ。

様子をうかがうようにエイベルは見やるが、結局なにも訊かなかった。


道を決め、一行は馬市で馬を手に入れるために出発した。

雲ひとつない青い空の下、赤いレンガ道を車は走りつづける。

輝くような緑の牧草地のつづく牧歌的な眺めにも、アンジェリカの陰鬱な心は晴れない。うつむく自分を、運転しているエイベルがちらりとうかがうのはわかった。だが彼はなにもいわず、ただ車をまっすぐに走らせていく。

「それじゃ、馬を調達してきます。しばらく待っててください！」

目立たない場所に車を停めると、ティモシーが片手を挙げて市へ向かう。

あとには心浮かない顔のアンジェリカとエイベルが残される。

しばし沈黙がつづいた。軽やかな鳥の声や、並木の梢が風にざわめく音が響く。アンジェリカは目を伏せ、膝のうえで手を握りしめる。

エイベルになにかいいたい、だが上手く言葉にできない。苦しい気持ちを吐きだしたい、しかし口に出してエイベルを困らせたくない。

ぐるぐると回る気持ちを持て余し、いっそう口が重くなる。

「……アンジェリカ。ずっと、尋ねたいことがあった」

つと、エイベルが呼びかけた。ふいをつかれてアンジェリカはうろたえる。

「え、な、なに、エイベル。いいよ、どうぞ」

しかしエイベルは自分からいいだしたのに、なかなか切りださない。アンジェリカが不安になりかけたところで、彼は思い切ったように口を開いた。

「――どうして、僕を助けてくれるんだ」

え？　とアンジェリカは戸惑いに口を開ける。エイベルは先をつづけた。

「この結婚は政略結婚だ。厳密には……正式な夫婦というわけではない。いまのこの窮地も僕が招いたことだ。君が、僕を助ける義務も必要もなにもない」

〝正式な夫婦ではない〟

そう――そう、わたしたちは……正式な夫婦ではない。

胸のうちでくり返して、ふいにアンジェリカは息が詰まった。開きかけた唇が震える。思ってもみなかったショックを受けている自分に気がつく。

なぜ？　どうして傷ついた気持ちになるの？　夫婦ではない、それは疑いようのない事実。だって、ひとつベッドに寝ても手をつなぐだけなのだから。

助け合う関係で、大切な協力者なのは間違いない。大切な、得難い関係だ。

それで充分で、それ以上を望んだこともなかった。

なのに、どうしてこんな気持ちに――。

「君は、故国の女王に政略結婚の手駒として利用された」

声もないアンジェリカの耳に、エイベルの静かな声が触れる。

「僕も同じだった。皇国とノルグレンとの同盟のために、〝母殺し〟として蟄居している自分まで利用するのかと、腹立たしかった」

ぎゅ、とアンジェリカは手のひらに食い込むほどこぶしを握る。

わかっている。この結婚はまやかしだ。彼にとっても不本意な関係なのだ。

わかっていながら、身が凍えるほどの寂しさを感じる。胸を金属の板で挟まれるような、冷たい痛みと息苦しさとが押し寄せてくる。

「だが、こんな場でいうことではないが、その……」

アンジェリカの思考をさえぎり、ふいにエイベルが強く吐き捨てた。

「僕から離れたいのなら、遠慮せずいってくれ」

「……え、な、なんっ、なんですって⁉」

アンジェリカの驚きの声が青空に響く。エイベルはかまわずに言葉を継いだ。

「君を……苦難の道に巻き込みたくない」

ふいにアンジェリカはカッとなって立ち上がった。

「わ、わたしの気持ちを勝手に決めつけないで！」

はっとエイベルは頭を上げてアンジェリカを見上げる。

「わたしは好きであなたについてきた。本当にいやならぐずぐずしないでさっさと離れた。わたしの性格、わかっていたんじゃないの⁉」

「いや、わかっている。君はきっぱりした人間だと。だが、なぜだ」

困惑の色もあらわにエイベルは答える。

「今日、君はずっと口数が少なく不安げだった。上手くいくかもわからない状況なら不安になるのも当然だ。なのに好きでついてくるといわれても、理解ができない」

「それは……それは、不安だったんじゃなくて、その」

アンジェリカは口ごもり、エイベルとおなじくうなだれる。

「イリヤのせいでまた暴動が起きて、列車が停められた。グラソンベルグでの公務も失敗した。わたしのせいであなたの立場が悪くなってる」

ぺたん、とアンジェリカは助手席に腰を下ろしてうなだれる。

「わたしこそ、あなたについていっていいのかしら、と思って」

「……アンジェリカ」

エイベルの声が耳に触れる。アンジェリカは声を絞り出す。

「国の改革というあなたの望みを、ぜひとも叶えたい。だって、あなたならやり遂げられるはずだから。理不尽なできごとで人生を変えられたあなたは、民を思いやることができる。私腹を肥やすことも考えない。そんなあなたなら……」

アンジェリカは目を閉じる。

自分を育んでくれた愛する祖父のもとから引き離され、理不尽で過酷な暮らしを強いられ、意に沿わぬ結婚で異国に送られた悔しさを思い返す。

「わたしと同じに無念の想いを抱えるひとたちを、きっと救ってくれる。そう信じられる。だからこそ、あなたの進む道の邪魔をしたくなくて……悩んでたの」

「……そうか、よかった」

「！　エ、エイベル⁉　どうしたの？」

アンジェリカは思わず腰を浮かせた。エイベルがいかにも安堵した声でつぶやいたかと思うと、糸が切れたようにハンドルに突っ伏したからだ。

「すまない。君が……離れていってしまうのかと誤解した」

あまりの素直な吐露に、アンジェリカは逆に気恥ずかしくなる。

「そんなわけないよ。ここまで一緒にきたのに」

アンジェリカは腰を下ろし、ハンドルに置かれたエイベルの手に触れる。

エイベルは息をつき、アンジェリカの手を優しく握り返す。

「僕は……君とは政略結婚で、深く想い入れる相手ではないと考えていたはずだった。だが様々な苦難をともに乗り越えるうちに……その、つまりだ」

エイベルの白い頰が赤くなる。耳たぶまで朱に染まる。だが彼は顔を起こし、必死に絞り出す声で告げる。

「君が大切だ。大切だからこそ君の意志を尊重したい。僕のために君を危険にはさらしたくない。だが……君と、離れたくない。それが真実の気持ちだ」

アンジェリカはぼう然となった。まじまじと見つめられてエイベルはいっそう赤くなり、耐え切れなくなったように目をそらす。

「き、君は同じベッドで寝ても平然と熟睡するほど僕を意識していない。だから、名目だけの夫婦でも友人としてでもかまわない。これからもずっと一緒に」

「は⁉　あ、あの、待って？」

予想外の方面からの言葉に、アンジェリカは身を乗りだす。

「あなたこそ、わたしの、は、裸を見てもまったく平気なくせに！」

「なっ⁉　いや、み、見てはいない！」

驚愕してエイベルは首を振るが、アンジェリカは真っ赤になっていい返す。

「見てないって、寝ているわたしをお風呂から運んでくれたのは感謝してるけど、裸を見ずに運ぶなんて芸当、いくらなんでも無理でしょ……」

「いや、真実だ。その、は、肌には……触れたがしっかり目を閉じてタオルで」

「肌に触れた⁉　なのに翌日の朝食の席では平気な顔してたの？」

「あ、あれは、平気なふりをしていただけだ。君と、どう顔を合わせていいかわからなかった。それに……イリヤの暴動の記事にも動揺していた」

「……あ」

話が一周して、アンジェリカは少し落ち着きを取り戻す。

ぺたん、と座席に腰を落とすと、エイベルも息を吐いて背もたれに身を沈めた。

つと、アンジェリカはつないだ手に目をやる。こんな話の最中にも、エイベルはこちらの手を決して離そうとしなかった。

〝君と、離れたくない〟

押し殺していた息を吐くような彼の言葉を思い返す。

決して強くはないのに、まるで命綱のようにアンジェリカの手を握るその手から、アンジェリカは彼の意志を感じ取る。

（そうだ、彼はちゃんと、誠実なひとだった）

そばにいたいと思いながら、大切に想うために離れなければと引き裂かれる心。

遠慮がちに告げてきた真意には、彼の誠実さと温かさが満ちていた。不安に揺れるアンジェリカの胸に、彼の誠実さがゆっくりと沁みていく。

「ありがとう、エイベル」

アンジェリカは、彼とつなぐ手を見つめてつぶやく。

「意識してない、とかではなくって」

恥ずかしさをこらえ、アンジェリカも自分の正直な想いを吐露する。

「情けないけど、その、あなたに会うまで男のひとを意識した経験がなくて。だから、どう反応するのが正解なのかわからないだけなの」

「そうか……僕もだ。こんな気持ちになったのは初めてだ」

――〝こんな気持ち〟。

アンジェリカの頬はこれ以上ないほどに熱くなる。

「エイベル。わたしも、あなたと離れたくない。ずっと……一緒にいたい」

昨夜の納屋での光景が、ふっと脳裏によぎる。

エイベルが立ち上がり、凹んだあとだけ残った麦わらの山。彼がほんの一瞬離れただけで、あんなふうに自分の心にぽっかりと跡が残る。

それだけ、アンジェリカの心をエイベルが占めているのだ……。

「約束して、エイベル。この先……もしも離れることがあったとしても」

アンジェリカは、ぎゅ、とエイベルの手とつなぐ手に力をこめる。

「必ずお互いのもとに駆けつけるって。決して……心は離さないって」

「約束する」

エイベルは静かな力強さで答えた。大仰な形容詞のない、必要なただ一言で。

ふたりは手を握り合い、お互いを見つめ合う。苦難のなかでかけがえのない相手を見つけたような心地で、言葉以上の想いをこめたまなざしを相手にそそぐ。

だが突然、はっとエイベルが振り返った。

「ティモシー、なにを黙って見てる」

アンジェリカもつられて背後を見た。とたん、大きく口を開けてしまった。

立木の陰で馬をつれたティモシーが隠れていたのだ。もっとも、大きな馬二頭と大柄なティモシーを隠すにはあまりに立木は貧弱で、大幅にはみ出ていたが。

噴きだしたくなる光景とはいえ、自分たちの会話を見られていたかと思うと、アンジェリカはとてつもなく恥ずかしくなる。

「いやあ、おふたりの雰囲気を邪魔したくなくてですね」

照れ笑いで頭をかきながら、ティモシーは馬を引いて歩み寄る。

「……おまえの心遣いに感謝する」

エイベルが努めて冷静な声で返す。アンジェリカはもう恥ずかしさのあまりいたたまれず、真っ赤になってうつむいた。

「あっちが集落の中心だそうです。車を処分するならそこがいいかもですよ」

「わかった。そこで預けるなり売るなりしてから馬に乗り換えよう」

つと、エイベルが頭上を振り仰ぐ。

「陽が落ちる前になるべく皇都に近づきたいが……」

「危なそうな大街道を避けると、だいぶ遠回りよね」

アンジェリカも必死になって気を取り直し、×をつけた地図をのぞき込む。エイベルも腕組みをしてあごに指を当てて地図を見下ろす。

「全速力で走ればかなり距離を稼げそうだが」

「どんな危険があるかわからないから、あまり馬を疲れさせたくないよね……。できれば皇都に入る前に情報収集と準備も兼ねて一泊したいかも」

「あっ、そうだ。思いだしました！」

ぱっと顔を明るくして、ティモシーが声を上げた。

「昔、領地の館に勤めていたひとが皇都近くの街にいるはずです。母のもとで働いていた侍女で、恩給をもらって引退したひとです。いまもよく母と手紙でやり取りしてるので、訪ねていけば一泊だけでも泊めてもらえるかも」

「場所はどこだ」

「ええっと……ああ、ここ。この街です」

エイベルの問いにティモシーが地図を指差す。

「皇都への道からまた少し遠ざかってしまいますが」

「だが馬も朝までゆっくり休ませられる。この街には駅があるな。ひとが集まるならくわしい情報も入手できるかもしれない」

「そうですね、野宿よりずっと快適ですよ！」

「よし、決まった。すぐに移動しよう。……アンジェリカ？」

エイベルが話すあいだ、アンジェリカは指を唇にあててなにか考え込んでいた。

「ねえ、エイベル。思ったんだけれど……」

名を呼ばれ、アンジェリカは慎重な声で答えた。

「やっぱり、車を手放すのはやめない？」


「まあまあ、エイベル殿下……！」

小さな屋敷の玄関口で初老の女性が声を上げる。

ティモシーの話していた元侍女の家についたのはもう夕暮れ。そんな時間に突然の訪問にもかかわらず、彼女は一行を温かく迎えてくれた。

「お懐かしいですわ。お館を離れたのは、殿下がまだお小さいころでしたので」

三人を夕食のテーブルに招き、スープを配りながら女性が優しくいった。

二頭の馬は軒先につなぎ、アンジェリカが街で買った餌を与えている。車も燃料のマグナイトオイルを入れて休ませていた。

「ですが、殿下。いったいどんな理由でこの街に」

食事を配り終わり、女性は不安げにエイベルに尋ねる。

「……すまない、くわしくは話せない」

茶を口にしながら、エイベルは用心深く答える。

「突然訪ねてきて一夜泊めてもらうというのに、申し訳なく思うが」

「まあ、いえいえ、こちらこそ不用意にお尋ねしてしまって」

女性は朗らかに手を振った。ティモシーがパンを頬張りながら訊く。

「ご家族は？　母の話だと、お孫さんもおられるそうですが」

「孫の生まれた上の息子は、ここから少し離れたところで家庭を持っているんです。昨年夫が亡くなって、いまは下の息子とふたり暮らしでして」

女性は肉を切り分けながら話をつづける。

「息子は駅員として働いていて、今夜は夜勤です。寂しい想いをしていたので訪ねてくださって嬉しいですよ。うわさの妃殿下ともお会いできましたし」

「まだ妃では……いえ、もしや日刊マグナフォートを読んでらっしゃいますの？」

アンジェリカが尋ねると、女性はにっこり笑ってうなずいた。うわさの独り歩きの早さに、アンジェリカは少々頭が痛くなる。

「そういえば、一昨日の分に皇室の記事が載っていましたわ」

取ってまいりますわね、と女性は席を立ち、隣の部屋から新聞を持ってくる。

皇室の記事とは、いったいなにか。

不安でいても立ってもいられず、アンジェリカは女性が食卓に新聞を広げるやいなや、身を乗りだして目を通す。

〝皇后陛下、皇帝陛下病状悪化につき、立太子と即位式を同時に行うと表明〟

アンジェリカとエイベルは、同時に息を呑む。

(うそ、うそ! 議会での承認審議はどうなったの⁉)

血走るような目でアンジェリカは先を追った。

〝間もなく行われる議会での立太子承認審議の直後、式を執り行うとのこと。第二皇子の立太子承認は確実と見られる。皇位継承権を持つ第一皇子エイベルは、いまだなんの声明も出さずに沈黙。第二皇子への支持を明確にはしていない……〟

アンジェリカとエイベルをよく知るトーバイアスが編集長の日刊マグナフォートですら、第二皇子が次の皇帝だと見ているようだ。

それでも承認自体はまだだ。わずかな救いなのか、それとも絶望を先延ばしされただけなのか。食卓に置いたこぶしが不安にわななく。

「落ち着け、アンジェリカ」

震えるこぶしを包むように手を置かれ、は、とアンジェリカは頭を上げる。隣からエイベルの冷静なまなざしがこちらを見つめていた。

「とりあえず、明日の朝早く発とう」

「えっと……そうです、ちゃんと食べてしっかり寝ましょう」

事情を知らないティモシーも、パンにかぶりつきつつ案じる声をかける。

アンジェリカはほっと肩の力をゆるめ、小さくうなずいた。


エイベルが出した宿泊代を女性は受け取ろうとしなかったが、アンジェリカやティモシーにもいわれてようやく手にした。

心づくしの食事は美味しく、野宿からの風呂はあまりにも心地よかった。このありがたさは、とても金には代えられない。

用意された客室のベッドに、アンジェリカは深々と沈み込む。清潔なシーツと枕、温かな毛布のベッドは天国と同じだった。

そんな天国にいながら不安は次から次へと嵐の波のごとく押し寄せてくる。

休息と引き換えに皇都から遠ざかったこの一日は、果たして正しかったのか、本当に承認審議に間に合うのかと、おなじことを何度もぐるぐる考えてしまう。

それでも昨夜よりははるかに早く眠気がやってきた。枕に引きずり込まれるように、アンジェリカは深い眠りへと落ちていった。

その翌朝、さらに大変な事態が起きるとも知らずに。

◆

廊下から響く会話で、アンジェリカは目を覚ます。

「……大変だ、いますぐにも」「……そんな、なんてこと」

バッ、とアンジェリカは頭を跳ね上げた。

どうやら夜勤から帰宅したらしき息子と女性、エイベルやティモシーたちが会話しているようだ。低い声音でよく聞き取れないが、緊迫の口調なのはわかった。

たまらずアンジェリカは上着を羽織って外に出る。廊下では新聞を手にした息子らしき青年と青い顔の女性、険しい表情のエイベルとティモシーが立っていた。

「どうなさいましたの。なにか起こりましたの」

呼びかけると、すかさずエイベルが青年から新聞を受け取って差しだした。

アンジェリカは恐れを必死に抑えつけ、新聞に目を落とす。

日付は昨日。そしてひときわ大きく表示されたひとつの特報扱いの記事。

〝第一皇子エイベル、国家反逆罪により指名手配〟

「ど、どういう、こと⁉」

震える声を落としつつ、アンジェリカは見出しから先を追う。

〝先ごろから立てつづく暴動に関与したとの疑いで、皇后は第一皇子エイベルの指名手配をした。皇位継承権の放棄を表明しないエイベルに業を煮やしたとの見方もある。強引な手配に、議会のなかでは反発するものも少なくはなく……〟

愕然（がくぜん）となるアンジェリカの目に、さらに驚きの記事が飛び込む。

〝革命家イリヤ、皇国における革命を表明〟

「なっ……⁉」

〝イリヤ氏は本紙に向けてこう語った。『我が恋するアンジェリカ姫は、私との約束を違えてエイベル皇子との婚姻を選んだ。だが、私は姫を恨んではいない』〟

つづく記事の文章に、アンジェリカは思わず感情もあらわに叫んだ。

「どっ、どういうことよ、これ！」

〝切ない失恋の痛みをこらえ、イリヤ氏は宣言した。『ゆえに、私は愛する姫と彼女が愛する第一皇子のために、この国に革命を起こすものである』〟

急いで身支度を整え、アンジェリカたちは女性の家を辞すことになった。

「いまだ中央駅は封鎖され、列車の運行も停められています」

女性の息子は、街の様子や知っているかぎりの情報を教えてくれた。

「皇都の正門では検問が行われているとも聞きました。そのせいで正門付近は渋滞しているとか。物資の運び入れもかなりとどこおっているらしいです」

「駅封鎖も重なって、皇都内外に不満がたまりそうだな」

エイベルが腕を組み、指を唇に当てて考え込む。

「皇都内にも農地はあるが、需要に対して供給は少ない。皇都外から運び込まれる食糧を購入している。遅かれ早かれ食糧事情は悪くなるはずだ」

「それなら、マグナイトオイルなどの燃料も同じよね」

アンジェリカの言葉にエイベルは小さくうなずく。

「ああ。そう長くは検問や街道封鎖はつづけていられないはずだ。皇都の民だけでなく、貴族らの不満も高まる」

「でも……たぶん、審議の日までは確実に封鎖はつづくはずよ」

アンジェリカの言葉にエイベルはなにか考えるように目を伏せる。

だがすぐに顔を上げ、息子のほうに顔を向けた。

「ありがとう。君や君の母上に迷惑をかけた」

「そんなこと。母はいつもご領地でとてもお世話になったと話しているんです」

息子は温かな声でエイベルに答えた。

「我々は殿下に非がないとわかっております。どうか、ご無事で」

エイベルは唇を噛み、息子の手を取って謝罪するように小さく目を伏せた。その光景をアンジェリカは胸に迫るような想いで見つめる。

どれだけ皇位から遠ざけられようと、彼を支持する民はたしかにいるのだ——と。


女性の家を出て少し走り、街道に出てしばらくしたのち。

話があると、エイベルは車を運転するアンジェリカに合図した。

ひと気のない路傍に馬と車を停め、ティモシーを見張りに残し、エイベルは街道の立木の陰にアンジェリカとともに向かう。

女性の家を辞したのはまだ周囲が薄暗い明け方だった。集落から離れた街道沿いは緑の草地が広がり、朝の光を浴びて金色に輝いている。

いったいなんの話かと、アンジェリカは不安を胸にエイベルのあとに歩む。

「アンジェリカ、計画を変更したい」

ふたりきりになって向かい合うとエイベルは切りだした。どんな変更なのかと、アンジェリカは身構える。

「変更って……なに、どういうこと」

「ここから、僕はひとりで皇都に向かう。そして」

は、とアンジェリカは強く息を吸った。だが次に聞こえたのは、さらに思いもよらない言葉だった。

「検問で、出頭する」

――立太子承認審議の日まで、あと三日。

第十二章　きっと、あなたの志を果たして

——立太子承認審議の二日前、正午間近。

皇都の門外では、足止めされたひとびとが声を上げていた。

「おい、いつまで検問してるんだ」「野菜が腐っちまうだろ」「納品が遅れたら罰金だ」「皇室は補塡してくれるんだろうな、おい！」

検問の兵士たちは抗議の声に押され、業を煮やして剣を抜いた。

「大人しく待っていろ！　でなければ殺されても文句はいえないぞ！」

悲鳴が上がり、一部のひとびとは後ずさる。だがさらに怒号は大きくなった。ひとびとはこぶしを振り上げ、罵声を上げる。危険を感じ、兵たちが何名も剣を抜く。

このままでは怪我人が出る——というそのとき。

ひとびとの後方から怒号の声が、ざわめきに変わっていく。そのざわめきとともに、ひとだかりが左右に割れていく。

割れたひとの波のあいだから、馬上の人物が進みでる。

「なっ、エイベル……皇子！」「まさか、こんな堂々と……!?」

驚きに凍りつく兵たちの前に、エイベルが操る馬は歩んでいく。

第一皇子は礼装を身に着けていた。ただでさえ美しい彼が正装し、夏の光を浴びて馬上にある姿はまばゆいほどで、その場のだれもが声を失う。

「このとおり、僕はあらわれた。ここで待つひとびとを皇都に入れるんだ」

威厳あるエイベルの声が、群衆の頭上に流れる。

「僕はなにひとつ罪に問われるようなことはしていない。捜査も裁判もなく不当な罪をかぶせ、糾弾しようとした皇后に抗議する！」


——エイベルが皇都正門にあらわれた、同日同時刻。

偵察にいったティモシーが戻り、車上で待っていたアンジェリカに告げる。

「列車の運行が再開されるそうです」

アンジェリカはティモシーとともに、皇都近くのマグナイト鉱山の街にいた。

街はマグナイト鉱石の粉塵（ふんじん）のせいか、かすかにきらめくもやがかかっている。採掘中の山の斜面から、駅のある盆地の底へとトロッコ線路が降りていた。ここからマグナイトオイル加工所へと鉱石を運ぶのだ。

ふだんならそのトロッコが盛んに動くさまが壮観だっただろう。

だがいまは、駅前の停車場に停められたまま。鉱山の労働者たちがそれをバリケードにして座り込みをしている。

「しかし、殿下だけでなくアンジェリカ姫も大胆すぎますよ」

心底感嘆したようなティモシーに、アンジェリカは顔を引き締めて答える。

「エイベルが身を張るなら、わたしだって負けてられないもの」

会話のさなか、労働者たちのあいだから長身のだれかが歩んでくる。アンジェリカは身を固くしたが、冷静を装って車の座席から立ち上がった。

「……まさか、君から訪ねてくるとはな」

背が高く肩幅が広く、日に焼けた肌の野性的な男――イリヤだ。

彼を目にして、アンジェリカにはなんの感慨もなかった。

再会したばかりのときに抱いた後悔からの胸のうずきは、すっかり消えていた。勝手に皇子宮に侵入され、無理やり連れていかれようとしたときの恐怖と、そんな非道な行いへの憤りしかなかった。

「本当は訪ねるつもりはなかった。……でも」

感情を抑え、アンジェリカは冷静に答える。

「新聞記事を見たわ。本当にわたしたちに協力をしてくれるの？」

「指名手配中のエイベル皇子はどうした。なぜ一緒じゃないんだ」

イリヤは用心深く尋ねる。だがアンジェリカはそれには答えない。

「あなたが皇后と手を組んで……いえ、利用されているのは、知ってる」

はっきりと指摘すれば、はっとイリヤはひるんだ顔になった。

「やめろ、ここではいうな。こちらへ」

腕をつかもうとするイリヤの手をアンジェリカは振り払う。

「証人として、護衛のティモシーが一緒なら行くわ」

イリヤは唇を噛むが、すぐに「こい」といって身を返す。

アンジェリカとティモシーは駅舎へ案内される。どうやら抗議団に占拠されて拠点となっているらしい。

『駅長室』との札が掲げられた部屋のドアをイリヤは開き、なかを指し示す。

「！　あなたは……」

部屋にいた人物に、アンジェリカは思わず足を止める。

「本当にお見えになるとは思いませんでしたよ、アンジェリカ姫」

クインシー男爵はゆっくりと椅子から腰を上げる。皇宮やグラソンベルグで見た瀟洒な貴族姿とは違い、労働者風の薄汚れた衣服に身を包んでいる。

なかには数名の労働者がいたが、イリヤが目顔で外を示すと、すぐに出ていく。部屋は閉め切られ、四人だけになった。ティモシーが警戒気味に戸口に立つ。

アンジェリカはすぐさま口を開いた。

「男爵がいるということは、この暴動への皇后の関与は決定的ね」

「……それは早計というものですよ。逆にいえば」

汚れた帽子の下で、男爵は薄く笑んだ。

「あなたとエイベル殿下が、暴動の首謀者のイリヤと手を組んでいるという証拠でもありますね。このように顔を合わせているのですから」

「やめろ、クインシー」

イリヤは鋭い声を飛ばす。だが男爵は薄い笑みを絶やさずに返す。

「君が姫君を連れだすのに成功すれば、ことは無事に収まったのに」

「……わたしをエイベルから引き離せば、皇后の計画もすんなり成功したと？」

体の陰でこぶしを握り、アンジェリカは怒りをこらえながらいった。

「エイベルはわたしを連れ戻すためにあなたを追いかけるし、そうでなくても人質にしたわたしを盾にすれば大人しくなる。エイベルの動きを封じてそのあいだに自分の息子の立太子承認を確実にする根回しを進める……と、皇后はそう考えたのね」

いまだ薄い笑みを浮かべるクインシーを無視して、アンジェリカは沈黙するイリヤに強い口調でたたみかける。

「エイベルに共謀の罪を着せたい皇后と手を組んで暴動を起こして、皇后の命令でわたしをさらおうとして……なにもかも、上にいわれるがままに動くだけの雑兵でしかない。あなたの矜持は、あなたの意志は、いったいどこにあるの？」

冷ややかなまなざしでアンジェリカはイリヤを見返す。

「なんてみじめなんだろう、イリヤ。体制に抗う〝革命家〟なんて口先ばかりのうそ。実態は、権力に使われているだけ。子どものころは、たとえ盗みという犯罪でも自分の意志で決める気概だけはあったのに。金で動く傭兵となにも変わらない」

「おまえがいうな！」

いきなりイリヤが怒鳴った。

「王家の血を引くだけでごみ溜めから抜け出せたおまえが！」

情熱あふれる革命家の顔をかなぐり捨てて、イリヤは叫ぶ。

はっとティモシーが剣の柄に手をかけて一歩踏みだすが、アンジェリカは片手で制する。傍観していたクインシーは、やれやれとばかりに吐息をついた。

イリヤは見せつけるようにこぶしを握ってかかげ、暗い声で吐き捨てる。

「王侯貴族も富裕層も政治家も、口先だけで改革を語り、俺たちが抱く〝理想〟と〝希望〟を利用するだけだ。だったら革命家のふりで金を稼いでなにが悪い！」

アンジェリカはきつく奥歯を噛みしめる。

スラムから望んで抜けだしたわけではない。祖父たちの命を盾に脅され、監禁同然の王宮の暮らしをさせられた。特権階級に利用されたのは自分もおなじだ。

——だが、その理不尽な日々がなければ、エイベルとは出会えなかった。

「ねえ、イリヤ。それなら……」

交差する様々な想いを押し隠し、アンジェリカは毅然と顔を上げる。

「本物の〝革命家〟になるつもりはない？」

意表を衝かれてイリヤは絶句するが、すぐに顔を歪めて苦々しく答えた。

「本物の革命家だと？　馬鹿げたことを。ひとつの権力を追い落としても、それが終われば革命家なんぞ用済みだとされるだけだ。……グラソンベルグのようにな」

「知ってる。だからあなたはロブ代表を殺した。でも今回だっておなじ」

アンジェリカはじっくりと、追いつめるように言葉を重ねる。

「あなたは新聞まで使って大々的にエイベルやわたしに味方すると宣言した。いくら裏で手を組んでいたとしても、皇后は必ずあなたを国家内乱罪で指名手配する」

「すでに金はもらっている。大陸は広い、逃げ場はどこにだってある」

「本当に？　皇国とグラソンベルグが手を組んで各国に根回しすれば、あなたは生涯表には出られなくなる。また、あなたのいうごみ溜めに戻りたいの？」

　イリヤはわずかにひるんだ。そこへアンジェリカは強く一歩踏み込む。

「わたしたちに力を貸してくれれば、逃げ回るだけの人生から解放する。権力者に使われるものではなく、対等な相手として待遇する。約束する」

　いままでの憤りの態度を捨て、アンジェリカは真摯な声でいった。イリヤは黙り込む。逡巡の色がその浅黒い面によぎる。

「俺になにをさせようというつもりだ」

「大したことじゃないわ。このまま、あなたは暴動を主導してくれればいい」

　アンジェリカの答えに、イリヤも、背後を守るティモシーも、黙って聞いていたクインシー男爵も意外そうな顔になる。

「表向きはいままでとおなじ、というわけですか。……悪くはない考えですね」

　面白そうなクインシー男爵を、イリヤはにらみつける。

「他人事のようにいう。俺が第一皇子側についてもかまわないのか」

「それは困るさ。ぼくもいちおう、皇国の臣民なのでね」

わざとらしく肩をすくめるクインシーを、イリヤは冷ややかに見返す。

「おまえは皇后へ資金を用立て、皇国内の鉱山へ投資もしている。逆にいえば、その投資が報われるならどちら側でもいいんだろ。他人事顔も当然だな」

「人聞きの悪い。皇后陛下への資金を回収できないのは困るんだけれど」

「おまえはあの皇后の腹心の、やり手だが吝嗇家な緑の目の皇女とも裏でこそこそやり取りしている。つまり、どう転んでも回収の目途は立ってるってことさ」

――緑の目の皇女。ミルドレッドのことだ。

必死に動揺を抑え込むアンジェリカの前で、イリヤはクインシーに指を突きつける。

「俺が皇后に利用されたあげく追われても、おまえは安泰だ。いいご身分だよ」

「落ち着いて、イリヤ。姫の妄言などに惑わされては……」

「惑わされてなんざいねえ！」

おだやかに話しかけるクインシーにイリヤは吐き捨てる。

「おまえらも、この〝スラム出の姫〟ともてはやされて得意げな女も、一丘に集う獣だ。同類の悪党だ。親から受け継ぐ血と金にあぐらをかいて平民を使うしか頭にない。かしづく召使がいなきゃ、王侯貴族なんぞ自分の足で歩けもしねえくせに！」

乱暴に怒鳴りつけると、イリヤは険しい顔でアンジェリカに向き直った。

「手を貸してほしいっていうなら、べつの条件がある」

「べつの条件？　それっていったい、なに」

「エイベルに力を貸す代わりに……」

　イリヤは、険しさを増す顔できっぱりと告げた。

「あいつを捨てて、俺と一緒にこい」

　アンジェリカは絶句した。ティモシーが背後で凍りつく気配がした。

「貴様、アンジェリカ姫になんてことを！」

　さしものティモシーも怒り心頭になり、剣の柄を握って身構える。あまりの言葉に
アンジェリカも色を失った。イリヤはかまわず話をつづける。

「対等だとかどうでもいい。指名手配せず、俺がいうままの金をくれて、そして――

おまえが俺とともに皇国を出るのが協力の条件だ。そうしたら、あの色男の皇子を帝
位につける手助けをしてやる」

「……どうしてそこまで、わたしを望むの」

　震える声でアンジェリカは答える。

「憎んでいるんじゃなかったの？　あなたのいう〝ごみ溜め〟から、ただ王族の血を
引いているというだけで抜けだしたから」

「わからないなら、おまえはやっぱり甘ったれたお姫さまだよ」

イリヤは顔を歪ませて笑う。だがその笑いは、胸を締め付けるような痛みに満ちていた。アンジェリカはじっと彼を見つめ、ふっと哀しげに目を伏せる。

「そうね、わからないほうが、幼いころの思い出を汚さずに済むかもしれない」

しばしアンジェリカは目を閉じて、それからゆっくりと目を上げた。

「いいよ、イリヤ。あなたの協力と引き換えに……一緒に行く」

「アンジェリカ姫⁉」

驚きの声を上げるティモシーを振り返らず、ほう、と感嘆の声を上げるクインシーにも反応せず、アンジェリカは決意を秘めた声で告げた。

「あなたの協力でエイベルが皇帝の座についたら。それが、わたしの条件」

――立太子承認審議の日まで、あと二日。

◆

皇都の外れにある〝館〟の一室は、冷たく乾いていた。

ここは、皇族や高位の貴族の〝罪人〟が裁判まで収容される場所だ。

館の一室に足を踏み入れるエイベルを、かびの臭いと埃が出迎える。

幸い、拘束されることはなかった。たとえ罪人とみなされていようと、あくまでエイベルは高貴な皇族。しかも正式な裁判はまだ。表向きは賓客扱いだ。

〝館〟の外観は、堅牢(けんろう)な造りの小さな屋敷。

だが林と高い石造りの壁に囲まれ、前庭や門、玄関にも衛兵が立ち、部屋の扉の外にも見張りがふたり。館のすべての窓は小さく、鉄格子が嵌(は)められている。

そしてエイベルが身に着けるのは質素な上衣とズボンのみ。

まさに、牢獄そのものだ。

「殿下、かような場所にご案内するのは、大変心苦しいのですが」

隊長らしき年配の兵士が申し訳なさそうに頭を下げる。

「君が申し訳なく思う必要はない」

エイベルの言葉に、兵士は目を伏せて吐息をついた。

「あなたのおかげで、検問で高まっていた民の不満は解消しました。私の身内は皇都の外の農地で働く農民ですが、納品が間に合ったと喜んでおりました。期日は厳しいのに、一日でも遅れると法外な値引きを強いられますから」

「なぜそんな無法が成り立っている」

「……民の不満など、この国では聞き入れられることはありません」

兵士は太い眉を寄せてうなだれる。

「いっそ新聞のとおり、あの革命家とやらが革命を……いえ、失礼いたしました」

さすがに口を滑らせすぎたと思ったか、兵士は急いで話を変える。

「できるだけお望みにお応えするようにいたします。殿下は罪人ではありませんから。解放以外、なにかご希望は。庭の散歩も見張りとならば可能です」

「では今日の日刊マグナフォートと政府広報紙を。それと、洗面道具も頼みたい」

かしこまりました、と兵士は去っていく。扉に鍵がかかる音が響いた。

ひとりになり、エイベルは殺風景な部屋を見回す。

扉つきの棚がひとつ、机と椅子がひとつ。小さな洗面台もある。薄い毛布のかかったベッドが隅に置かれ、壁の高い位置に鉄格子付きの小さな窓がひとつ。

「初めて〝牢獄〟らしきものに入ったが……最小限もいいところだな」

囚人と同様の待遇なのに、エイベルは興味深そうだった。

検問に出頭したのは昨日のこと。

ひと晩詰め所の隊長の部屋に押し込まれたのち、ここへ移送された。

すべてにおいて、エイベルは堂々とした態度で応じた。

犯罪人も同然の扱いにもかかわらず威厳と気品を失わない第一皇子に、兵士たちは恐れ敬うように接した。皇后の扱いは不当だと、彼らがささやくのも耳にした。

とはいえ——。

（いまの僕は、つながれていないだけの囚人だ）

ややあって、隊長ではない兵士があらわれ、洗面用具と新聞を二種差しだす。

エイベルは受け取り、顔を洗ってから椅子に腰かけて新聞に目を通した。

政府広報紙は皇后の息がかかっているだけあって、明日同時に行われる立太子と即位式について大々的に報じていた。

準備まで時間がなく、また皇帝がほぼ臨終状態ということもあり、議会の承認は形だけで、即位式はかなり簡素なものになるという。それでも、間もなく訪れる若い皇帝と、次代の皇太后による新しい政治体制への期待に満ちた論調である。

一方、日刊マグナフォートは革命家イリヤが率いる労働者たちの抗議の大集団が、皇都の門前に到達したと報じていた。

皇都から見捨てられた被災民や貧民たちにも食料を配って行進に加わらせ、抗議集団はかなりの数にふくれ上がっているらしい。

彼らは鉱山での低賃金や、貧しい民を顧みず奢侈の生活を送る皇族や貴族への不満を訴えて行進している。

さらにはアンジェリカ姫が、不当な罪で囚われている夫のエイベル皇子の解放を求め、イリヤとともに先頭に立っているという。

皇后の専横を憂い、第二皇子の即位にともなう彼女の圧政を予言して、ひとびとの不安を過剰にかき立てるような筆調の記事だった。

二紙を隅々まで読み終えると、エイベルは新聞を置いて立ち上がる。

それから鉄の扉をたたき、見張りの兵士を呼ぶと、エイベルは告げた。

「前庭を散策したい。かまわないか」

◆

明日の即位式のため、皇宮の戴冠の間は美しく飾り立てられていた。

準備は短い期間だったが、皇宮の家令によって過去の事例より段取りが決められ、準備は滞りなく進んでいる。次代皇帝となる第二皇子はまだ十歳の幼さで、国を背負う重大さもわからぬまま、侍従のいうなりに支度を行っていた。

拙速にことを運ぶ皇后への不安や不審は皇宮のひとびとのあいだにもつのっていたが、表立って異を唱えられるものはいない。

ただ、皇都へ迫るアンジェリカと、〝館〟に収監されたエイベルをのぞいて。

「……お座りになったらいかがかしら、皇后陛下」

皇后の客間に招かれていたミルドレッドが、いつになく落ち着かなげに室内を歩き回るヘロイーズ皇后に声をかける。

「いよいよ明日には大望を遂げられるというのに。陛下がご心配になるようなことはなにひとつ……」

「お黙り。たかが一皇女の分際で小賢しい言を」

強い口調で皇后が叱咤する。

ミルドレッドは「失礼いたしました」としとやかに頭を下げると、麗しく長いまつ毛をゆっくりとしばたたかせて口を開く。

「それより、こんな夕方にわたくしを呼ばれたわけは？　さすがに今日は舞踏会があるとはうかがっておりませんけれど」

ヘロイーズ皇后は冷ややかなまなざしで見下ろし、手にした扇を広げる。

「そなたはこれまでよく仕えてくれた。ゆえに〝館〟に送りはしない。……だが」

〝館〟の名に眉をひそめるミルドレッドへと、皇后は告げる。

「明日の承認審議が終わるまでこの部屋より出ないように」

「それでは……まるで軟禁でございますわね」

ミルドレッドは驚きに柳眉を小さく逆立てた。

「いったい、どのような理由でわたくしに軟禁をお命じになりますの」

「そなたがエイベルの領地に、静養目的で訪れたのは知っている。だが」

皇后は扇を閉じ、ぴしりと手のひらに打ちつける。

「利に聡いそなたが、たった一日の静養のためにおもむいたとは思えない」

「お疑いになる必要などございませんわ。わたくしは陛下の忠実な……」

ふいに扇が飛んだ。

びしりと耳に痛い音を立て、ミルドレッドの額に扇が当たる。はっと額を押さえて口をつぐむ彼女を、皇后は侮蔑もあらわに見下ろす。

「案じぬように、軽傷よ。嫁がせる前に傷などつけたりはしない」

とたん、ミルドレッドの顔がこわばる。皇后は冷笑でそれを見返した。

「一日過ごせるだけのもてなしはする。ゆるりと過ごしなさい」

冷ややかに告げて皇后は客間を出ていった。

扉が閉まったのを見届け、ミルドレッドは椅子から立ち上がる。

部屋の隅の鏡台に顔を映せば、磨かれた玉石のごとき額には、扇の赤い跡がついている。完璧なまでの美貌ゆえに、その跡はいやでも目立った。

こみ上げる悔しさを抑えつけ、ミルドレッドは鏡から身を返す。

「軟禁だなんて、承認審議のあいだ議員のみなさまに根回しをさせないためね。今日までにできるだけ手を打っておいたけれど……」

捕らえられたエイベルは、ミルドレッドとかわした念書も、皇帝からさずけられた譲位書も持っていなかったらしい。おそらくアンジェリカの手にあるのだろう。

だが、そのアンジェリカは皇都の外だ。

窓に歩み寄り、ミルドレッドはカーテンの端から外をのぞく。

だれかの赤毛を思わせるような真っ赤な夕陽(ゆうひ)が、皇宮から見下ろせる海の端を燃やして沈んでいく。皇女は紅を塗った唇を引き結び、だれにともなくつぶやいた。

「あとは、あなたがたの尽力しだいよ。……絶望させないでくださるわね」

——立太子承認審議は、明日の正午。

◆

臨時招集された貴族議員たちが、続々と議会場に馬車で乗り付ける。

今日は、立太子承認審議の日。

だが午後には立太子の式と即位式が控えており、議員による承認など形式でしかないとだれもが承知している。

それでも、皇位継承は皇国の大事である。

形だけでも正式な手続きを経て、記録を残すことが必要だ。曲がりなりにも野蛮な国ではなく立法国家だと示すためにも。


一方、皇都の正門前には革命家イリヤに率いられた労働者や各地の民衆が押し寄せ、口々に声を上げていた。

「皇国の民よ！　いまこそ蜂起を！」

イリヤは手作りの旗を掲げ、正門前に集う多くのひとびとに語りかける。

「マグナイトの利益は莫大なのに、採掘の担い手たる君たちはいまだ貧しいままだ。

昨年の大洪水で被災した君たちが家と家族と土地を失ったとき、あり余る金で貴族や皇族は贅をむさぼっていた……！」

イリヤの演説が響くなか、兵士は正門前で防柵のようにただ並ぶ。晴れの戴冠式を血で汚さぬようにとの皇后からの厳命で、強行排除ができないのだ。

「また皇都に入れないのか」「皇后はなにやってるんだよ！」

入都を望むひとびとの抗議の声が、イリヤ率いるひとびとの声に重なった。

皇都は外壁に囲まれ、さらに海に面している。入都するには港から入るか、海岸沿いの大街道の正門か、それとも背後の山沿いの裏街道から入るしかない。

その裏街道は、山から下る坂道で木立に囲まれて視界が悪い。赤レンガで舗装はされているが、ところどころ欠けたり剝がれたりと整備は行き届いていない。

正門は通行できない。港は乗船のためによけいな金がかかる。そして裏街道は使い勝手が悪い。

必然、正門前で身動きの取れないひとびとの数はふくれ上がる。

検問がようやく解除されたかと思えば、またもやこんな状況。入都を待たされるひとびとの苛立ちと不満は、いやがうえにもつのっていく。

彼らはイリヤや労働者らに怒鳴りつけ、強行解散させない兵士たちをも非難する。労働者たちによる抗議の声の唱和も加わり、正門前には一触即発の空気が醸成されていく。暴動が起これば、とても止めようがない。

門外の不穏さは皇都内にも伝播し、住民も不安で落ち着かなかった。

午後には立太子と即位の式が行われる予定で、新皇帝パレードのために大通りも飾り付けられているのに、祝賀の雰囲気からはほど遠い。

……そんな不穏な空気の満ちる正門前に、アンジェリカの姿は見えなかった。

「号外だ！」

〝館〟の一室で椅子に座っていたエイベルは、外から聞こえた声に頭を上げる。

「号外？」「なんだ、ああ、あのゴシップ紙か」

見張りたちの声にエイベルは立ち上がり、扉に近寄って耳を澄ませる。

「……皇帝陛下、エイベル皇子に譲位？」「なんだって⁉」

兵士の大きな声が外の廊下に反響する。

「だって午後には第二皇子の即位が……」「与太話じゃないのか……」

エイベルは扉から離れ、鉄格子のはまる小さな窓に歩み寄って外を見る。

前庭でも兵士たちが新聞を広げていた。皇都の外れの牢獄にも伝わるほど、日刊マグナフォートの号外は尋常ではない驚きをもたらしたようだ。

太陽はそろそろ中天に差しかかるころあい。議会での審議まで時間がない。

そのとき、門から馬車と騎兵の一団が入ってくるのが見えた。

館を警護する兵士たちがあわてて姿勢を正して敬礼する。

馬車と兵士の一団は館の馬車回しで停止する。兵士たちは馬から降りると、次々に館へと入っていくようだった。

エイベルは身を引き締めて待ちかまえる。廊下で声高のやり取りがあったかと思うと、部屋の扉がたたかれた。

「失礼いたします、エイベル殿下」

きびきびした声とともに扉が開く。あらわれたのは、皇宮勤務の制服を身に着けたふたりの兵士だった。

「皇后陛下のご命令で、館より移送させていただきます」

(号外を知って派遣したか？　……皇后も周到だな。いや、臆病か)

胸のうちでつぶやきながら、エイベルは尋ねる。

「どこへ移送だ」

「港より、湾内の囚人の島に移せとのご命令です」

「裁判もせずに囚人扱いか。いつから皇国は無法国家になった」

「おゆるしを、殿下。皇后陛下のご命令でございます」

皇宮兵は尊大に答えた。

館の兵たちは落ち着かなげに顔を見合わせる。号外のとおり、もしエイベルが次代の皇帝ならばあまりに不遜で身のほど知らずの対応だ。

だがエイベルは冷ややかなまなざしで見返して、それ以上は口をつぐむ。

皇宮兵は素早くエイベルの両手を前で縛り、縄の端を持つ。

いたたまれない空気のなか、見張りの兵たちが見送る前を皇宮兵ふたりに挟まれてエイベルは部屋を出る。暗い廊下の行く手に出口の光があらわれ、その向こうに幌のない荷馬車が待つ馬車回しが見えてきた。

エイベルは一瞬、目を閉じる。

次の瞬間、ふいに身を低くして縄を強く引いた。

「うわっ⁉」

縄を持っていた前の兵がバランスを崩す。そこをすかさず足払いをかけて倒す。固い床で後頭部を打って兵士は悶絶(もんぜつ)した。

背後の兵は驚きで硬直していたが、急いで剣を抜いた。しかし返す体でエイベルは激しく兵士のあごを蹴り上げる。強い衝撃に兵士は白目を剝いて背後に倒れた。どう、と強い地響き。すかさずエイベルは床に落ちた剣を拾い上げる。

「なんだ、なにが……」「で、殿下⁉」

背後の廊下から、さわぎを聞きつけ見張りたちがあらわれた。エイベルは両手を縛られているにもかかわらず、剣を手に出口へ走る。

「うわあっ！」「なっ、どうして……！」

馬車回しに待機していた兵の列へエイベルは剣を振り上げて走り込む。

鋭い剣の薙ぎ払いと突きで兵士を下がらせ、開いたところを一気に走り抜ける。兵士たちはあわてて彼のあとを追って走りだそうとした。

しかし、エイベルが剣の平で馬たちの尻をたたいたので、馬は驚きいなないて棹立ちになり、その暴れ馬に兵士たちが弾き飛ばされる。

たちまち馬車回しは大騒ぎになった。エイベルはその隙に正門へ向かう。

門衛たちがあわてて立ちふさがる。無謀にもほどがある孤立無援の状況でエイベルの表情は恐ろしいほどに冷静だ。

彼のまなざしは、まっすぐに正門の向こうを見ている。

「どいて、どいて！」

そのとき大声とともに一台の車と一頭の馬が恐ろしい速度で門前に走り込む。

「うわあ！」「わああ！」

逃げ惑う皇宮兵や見張り兵を追い回すように車は庭を一周すると、エイベルの目の前で耳に痛い急ブレーキをかけて停止する。

「乗って、エイベル！」

運転していたのはアンジェリカだった。

ティモシーの馬が見張り兵を追い散らすあいだ、エイベルは素早く車に乗り込む。即座にアンジェリカは車を発進させた。

混乱に右往左往する兵士たちを跳ね飛ばす勢いで車は大きく向きを変え、門を恐ろしい速度で走り抜けた。ティモシーも馬であとを追いかける。

「助かった、アンジェリカ」

助手席で、エイベルは奪った剣で縛られた縄を切りながらいった。

「遅くなってごめん。裏街道から入ったんだけど、それがもうすごい悪路で」

ハンドルを握りながらアンジェリカが答える。車は林を走り抜け、やがて皇都のメインストリートにつづく道に出た。

「エイベル、これを」

アンジェリカが男装の上着のうちから譲位書と、ミルドレッドとかわした念書をエイベルに差しだす。そして助手席に置いてあったガウンと靴を目で指し示す。

ガウンも靴も、美しい金銀の刺繡や飾りのついた礼装用のものだ。

「あなたの荷物から持ってきた。その格好じゃ議会場には入れないもの」

「感謝する。さすが君だ」

エイベルは粗末な囚人用の服のうえに丈の長いガウンを羽織り、靴を履き替える。

そのあいだに館の方角から、態勢を立て直したらしき追手がやってくる。

彼らは必死に馬を走らせ、エイベルたちに追いすがってきた。

「ん？　んんん？」

アンジェリカは眉を寄せた。車がおかしな音を立てているのだ。速度は上がらず、がくがくと車体は大きく揺れる。

「まずいかも。路面状態がよくない裏街道を走ったせいかな」

おりしも行く手に即位パレードに飾り付けられた大通りが見えてきた。だがその手前で車は大きくはずみ、激しく揺れたかと思うと跳ね上がって停止した。

とっさにエイベルとアンジェリカは道路に飛び降りる。

「殿下、アンジェリカ姫⁉」

ティモシーが馬を止めると、すかさず下馬した。

「早くこの馬に。お急ぎを！」

ティモシーはエイベルに手綱を渡す。エイベルは先に馬に乗り、アンジェリカに手を貸して鞍の後ろに乗せた。

「頼む、ティモシー。……ありがとう」

「お任せください！」

明るい笑顔で答えるティモシーをあとに、エイベルは手綱を振った。

大通りを目指して馬は走りだす。背後でティモシーが邪魔しているのか、喧騒が起こった。振り向きたい気持ちをこらえ、手綱を打つ。

飾り付けられた大通りの手前には防柵が置かれ、兵士たちが警備していた。彼らは騒ぎに気づいて振り返る。そこへエイベルの馬が突っ込んでいく。

「待て、ここは即位パレードのために通行禁止……うわあっ」

止まらない馬に兵士が左右に逃げた。その頭上を馬は跳躍する。

夏の青空の下、エイベルと、彼にしがみつくアンジェリカを乗せた馬は防柵を高々と飛び越えた。

馬はレンガ道に華麗に着地、あちこちにまかれた祝いの花々を蹴散らして、蹄の音も高らかに走り抜ける。

しかし背後からは、ティモシーの妨害をくぐり抜けた追手が迫りくる。さらに防柵を突破したことで、パレードを警護するための兵たちも集まってきた。

「……エイベル」

背中からぎゅっと抱きしめられ、エイベルははっと息を呑んだ。

「だめだ、アンジェリカ。無謀な真似はするなといったはずだ」

「さすがに死ぬわけじゃないから、だいじょうぶ」

風のなか、アンジェリカの温かな声が響く。

「きっと、あなたの志を果たして」

「アンジェ……!?」

肩越しに振り返ったとき、頬にやわらかな感触が触れた。

「勝手に口付けして、ごめんなさい」

という言葉が聞こえたかと思うと、アンジェリカが馬から跳ぶ。そして地面に落ちながら身を回し、馬の尻を蹴った。

「アンジェリカ！」

エイベルは叫ぶが、馬は加速して花々に飾られた大通りを駆け抜けていった。

エイベルを乗せた馬が通りの向こうへ駆け抜けていくのを見届けると、アンジェリカは大通りの中央に立ちはだかる。

そして、向かいからやってくる追手の前で男装の帽子を取り、思いきり投げる。

花が広がるように美しい赤毛が夏の空にひるがえった。

「なっ⁉」「うわっ！」

追手は驚いてとっさに馬を止め、周囲の警備兵たちも宙になびく赤毛に見惚れるように口を開けてその場にとどまった。

グラソンベルグの市場でもこんなことをしたな、とおかしく思いながら、アンジェリカは声を張り上げる。

「皇国の善良なる国民のみなさま、お聞きください！」

表の騒ぎに、大通り沿いに立ち並ぶ家々から多くのひとびとが次々に顔を出す。みなの注目を一身に浴びて、アンジェリカは真剣な声で語りだした。

「号外をご覧になられた方も多いですわよね。わたくしの夫、第一皇子エイベルは、皇后によって不当な扱いを受けております――！」

「それでは、第二皇子殿下の立太子承認審議の採決を行う」

議会場に議長の声が響く。

議長より一段上の皇族席で、ヘロイーズ皇后はみなを見回していた。本来、皇帝が座るはずの隣の椅子には、青い顔でかしこまる少年が座っている。

「落ち着きなさい。間もなく即位するのに、見苦しい姿を見せぬよう」

だが少年は泣きそうな顔でうつむき、弱々しくうなずく。とても次代皇帝の座につくとは思えない痛々しさだ。

ヘロイーズは苛立ちのため息をついた。

「それでは、第二皇子の立太子を承認するものは挙手を……」

議長はいいかけて、はたと声を呑んだ。場内の議員のみながざわめき、腰を浮かせる。いったい何事が、と皇后が身を乗りだしたときだった。

「……なっ！」

思わず声を上げる皇后の眼下に、なんと、一頭の馬が入ってくる。

神聖なる議会場を馬の蹄で踏みつけながら、馬上からその人物は周囲を睥睨する。

場内のざわめきはいっそう大きくなった。

「エイベル殿下⁉」「エイベル第一皇子殿下!」「なぜ、この場に……!」

困惑の声を上げるもの、どこか安堵したような声をもらすもの、ほくそ笑むものと、議員たちは多種多様な反応を見せる。

「どういうことです、殿下。神聖なる議会場に馬で入るなど!」

皇后の義弟である首相が厳しい声音で注意する。だがエイベルは冷静な顔のまま、馬をそっと撫(な)でて向き直る。

「神聖な場を汚しているのは、不当なる審議を諮るものたちだ」

強い声を朗々と響かせたかと思うと、エイベルはまっすぐに皇族席を見上げる。皇后は歯を食いしばり、握りしめた扇をエイベルに突き付ける。

「兵士、エイベルを捕らえよ! 内乱を企てた罪人であるぞ!」

「罪人ではない」

決然とした声でエイベルは返す。

「裁判もなく憶測で、あなたに無実の罪を着せられただけだ。僕は、ここに新たな審議を提案する。この……」

一歩も引かず、エイベルは堂々とした態度で一枚の書面を広げる。

「我が父、ホラス五世皇帝陛下の署名が入った譲位書によって――!」

即位パレードの時間になっても、新皇帝は姿をあらわさなかった。議会場で行われている審議の結果もいつまで経っても聞こえてこなかった。

アンジェリカは混乱する兵士やひとびとに囲まれ、彼らを説得するように話をしていた。

そこへ兵士に両側を挟まれて、ティモシーもやってくる。

兵士が駆けてきた。どうやら議会場からの使者らしい。

「立太子の承認審議が終わりました！　パレードは中止です」

ざわめく群衆に向けて、兵士は興奮の声で告げた。

「なんと、次代の皇帝陛下は……！」

◆

厳重に警護の兵が配置された皇子宮の玄関を、ひとつの人影がくぐる。

その人物とは――〝革命家〟イリヤ。

彼は見るからに苦々しい顔で、案内する侍従長のあとをずかずかと進む。

イリヤは、皇国の改革の後押しをする存在として一躍評判になった。

彼が主導した抗議行動により、労働者らは政府と鉱山を経営する商会と待遇交渉の機会を得た。被災民の救済も大きく進むこととなった。

日刊マグナフォートだけでなく政府広報紙でも、一連のできごとと成り行きは大きく報道されることになっている。

だがその評判にもかかわらず、廊下を歩くイリヤはひどく不機嫌そうだった。

「お待ちしておりましたわ。……革命家イリヤ」

客間兼広間に入室するイリヤを、護衛のティモシーを従えたアンジェリカが椅子から立ち上がって出迎える。

冷静な態度の彼女に、しかしイリヤは暗い声で答えた。

「……どういうことだ、ジェリ」

「どういうこと、とは？」

しらじらとアンジェリカは返す。イリヤは憤りをこらえるように歯を食いしばり、今日付の日刊マグナフォート発行の号外をぐいと突き付けた。

その第一面には——。

『ミルドレッド女帝誕生！』

これ以上ないほど強調された文字で、そんな大見出しが躍っている。

『ホラス五世皇帝陛下の退位にともない、第一皇女ミルドレッド殿下が帝位を継ぐと発表。先日の承認審議で立太子の承認を得たエイベル第一皇子が皇位を辞退し、ミルドレッド第一皇女を代わりに指名したためである』

記事はさらにつづく。

『前皇后であるヘロイーズは、文書偽造と、皇族への不当告発・拘束、また不貞の罪状により、裁判にかけられることに。権力をほしいままにした彼女はいま、皇都の外れの〝館〟にてどんな心境で……』

「おまえは、おまえは……！」

イリヤは大きく指を突きつけ、怒鳴りつける。

「エイベルが皇帝にならないとわかっていて、あの条件を呑んだんだな！」

「もちろん。でなければ、あなたと一緒に行くなんて条件、決して承諾しなかった」

アンジェリカは受けて立つように堂々といい返す。

「皇子宮侵入で恐ろしい想いをさせられたこと、わたしはまだゆるしてはいないけれど……でも、あなたの協力には深く感謝してる」

「そんな感謝がなんの役に立つ！」

浅黒い肌の顔をゆがませるイリヤに、アンジェリカは書面を差しだす。

「これが皇国の身分証と、外国の銀行でも引きだせる為替手形よ。受け取……」

イリヤはそれを片手で跳ね飛ばす。床に書面が吹き飛んだ。アンジェリカは吐息をつくと、憎々しげにこちらをにらむ彼を見返す。

「クインシー男爵はご一緒ではないのね。ミルドレッドからの要請で、貴族議員らへの根回しに協力してくれたと聞いたわ」

「あの野郎……二重の裏切りだったか。結局、貴族ぶってても芯から商人だったな。利益にしか興味ないってわけだ」

そう吐き捨てて、イリヤはきびすを返す。はっとアンジェリカは声をかけた。

「待って、イリヤ。せめて身分証だけでも……」

「ほどこしなぞ要らん。俺は俺のやり方で生きていく」

イリヤは背中越しにアンジェリカへ憎々しげに吐き捨てる。

「次の目標はノルグレンだ。おまえが捨てた故国を、俺は手に入れてやる」

それだけいい残し、〝革命家〟は扉口へと歩きだす。その背中に、アンジェリカは静かに声をかける。

「どんな形でも、エイベルを助けるためにあなたは協力してくれた」

〝俺たちが抱く『理想』と『希望』を利用するだけだ……〟

イリヤの言葉を、アンジェリカは思い返す。

恨みと憎しみに満ちた声だったが、そこには絶望があった。心無いものたちに利用されて潰えた〝理想〟への心残りがあった。

彼にはたしかに、革命家として世を改めようとする志があったのだ。

アンジェリカは祈りをこめて、幼なじみの背中に告げる。

「……どうか、あなたの抱く〝理想〟が正しく実現されますように」

ほんの一瞬、イリヤは足を止めた。だがそれだけで、決して振り返ることなく彼は広間を出ていった。

心の重い面会は終わった。

緊張が解け、アンジェリカは深々と息を吐いてソファに腰を落とす。どっと疲労が押し寄せて、その場に打ち倒されそうな心地になった。

……最後まで、幼なじみと心が通じ合うことはなかった。

彼が皇后側についてこちらを陥れようとしたことも、皇子宮に侵入されて恐ろしい想いをさせられたことも、やはりゆるせない。なにより、こちらの弱い立場につけ込み、協力の条件にエイベルと引き離そうとしたことには、いまも怒りが湧く。

だが、結局は彼を利用した形になってしまった。

自分が嫌う王侯貴族たちとおなじやり口をしたことになる……。

嫌悪と苦しみがアンジェリカの胸を締めつける。

ソファに沈み込み、ぐったりと目を閉じるアンジェリカのかたわらで、控えていたティモシーが身をかがめてささやく。

「だいじょうぶですか、アンジェリカ姫」

耳朶に案じる声が触れて、アンジェリカは目を開けた。

「うん、平気。気を張ってたのがゆるんだだけ……。ねえ、エイベルはまだかな」

会いたいひとの名前を口に出すと、少しだけほっとする。

「離宮に向かわれたままですね。あまり遅くなられるようでしたら、おれが様子を見にいきます。それより一休みなさったらいかがですか」

「そうね、ありがとう……ティモシー」

アンジェリカがほっとしつつ答えると、ティモシーは一礼して広間を出ていく。

外から「侍女どの、侍女どの！　このあいだの美味しい焼き菓子をアンジェリカ姫に……」という声が聞こえてきた。

心が押しつぶされそうなやり取りのあと、慣れ親しんだ優しいひとたちの気配に触れて、こわばっていた体がようやくゆるむ。唇に思わず笑みがよぎる。

皇子宮のひとびとは、今日も健在。

最近、メルは侍女長から料理の手ほどきを受け、料理やお菓子作りに精を出している。もともと家事に秀でた彼女はたちまち腕が上達した。

特に、彼女が作る干し果実と木の実の入った焼き菓子は絶品で、皇子宮のみなに大好評。健啖家のティモシーの大好物にもなった。ひそかに慕う〝騎士さま〟に気に入ってもらえて、メルはいっそう張り切っている。

その焼き菓子を心待ちにしながら、アンジェリカはぽつりとつぶやいた。

「……エイベル、早く帰ってこないかな」

◆

前皇帝ホラス五世が臥せる離宮の廊下は前にも増して冷たく、静かだった。

執事に先導され、エイベルは寝室へと足を踏み入れる。

父が横たわる寝台は天蓋のカーテンにさえぎられ、寝息も、気配すらもうかがえない。そっとカーテンを手で持ち上げて、エイベルは寝台のかたわらに立つ。

「どうぞ、ごゆっくりお過ごしを」

離宮の執事が一礼して下がり、扉の閉まるかすかな音がした。ふたりきりのしんと静まる部屋のなか、エイベルの声が響く。

「父上。……もう、目を覚まされないのですか」

声をかけるが、小さく盛り上がった毛布から答えはない。ふっと息を吐き、エイベルは椅子を引き寄せて腰を落とす。

しばしの沈黙ののち、エイベルは思い切ったように口を開く。

「ミルドレッドが、皇宮の記録を調べてくれたのです」

真っ白な顔で目を閉じるホラス五世に向けて、エイベルは語りかける。

「僕の母が亡くなった年のその月、皇宮を離れていたのは……」

ためらいの沈黙ののち、痛みに満ちた声でエイベルはその先をつぶやいた。

「……療養のため、アージェントン近くの森に向けて発ったあなただけでした」

両手を組み合わせ、エイベルは深くうつむき、苦しげな声で話をつづける。

「母も死に、あなたも死に瀕しているいま、真実はもうわからない。だが当時、あなたは皇后から母のことで責められ、貴族と皇族の対立も生んだ。体が弱くて気の弱いあなただ、さぞ追いつめられた心地になっていたはずです」

〝……沈黙が、貴方を守ります〟

母のユーフェミアの声がエイベルの耳朶に響く。

息子の告発にも、ホラス五世は反応しない。まぶたをぴくりとも動かさない。そっと手をかざすとかすかな呼吸を感じた。だが、あまりにかすかで、間もなくその息が絶えようとしていると感じられた。

エイベルは腰を上げ、死に瀕する父を背に部屋を出る。

扉の外で一礼する執事を一瞥し、すべての真実を死に満ちた部屋に置いて、エイベルは自分を待つ愛(いと)しいひとのもとへと歩んでいった。

エピローグ

青い空に昼花火が打ちあがる。

派手な音とともに色のついた煙が美しくなびく下で、目抜き通りの屋敷や路傍は花々で飾り立てられ、即位の式をことほぐ。

百年ぶりの女帝ということで、民のあいだにはとまどいや議論があったものの、期限を区切っての大幅減税や、被災地の復興や被災民への援助、鉱山や農地での労働改善が進められることになり、おおむね好意的に受け止められていた。

目抜き通りにひとびとは立ち、戴冠を終えた新しい皇帝のパレードを待っていた。


「本当によろしいの、エイベル、アンジェリカ姫」

控えの間で、皇帝の衣装とマントを身に着けたミルドレッドが口を開く。

「わたくしが――皇帝の座についても」

戴冠式に参列したエイベルとアンジェリカは、皇室の正装姿でその場にいた。アンジェリカはティアラ、エイベルは皇太子の冠を頭にいただいている。

「それが協力の条件だった。……だが」

エイベルは静かに答えると、皇太子の冠に触れた。

「僕を後継に指名する必要はなかったはずだ。一度、立太子を辞退した皇子を皇太子にするなど、貴族や皇族たちが納得しているとはいいがたい」

「わたくしは生涯未婚をつらぬきたいの」

ミルドレッドはきっぱりと告げる。

「これから皇国の法律をいくつも変え、女性も財を築けるようにしていくつもり。なのに、もしも結婚となれば、皇族や貴族たちに口を出されるわ。わたくしの政策を邪魔しそうな皇配は要らないの」

それに、とミルドレッドは優雅にほほ笑む。

「審議の場であなたに味方する代わりに、わたくしからの援助の借金が帳消しになった殿方たちよ。いまさら表立って文句はいわせないわ」

会話のさなか、扉がノックされた。

「間もなくバルコニーでのお披露目が始まります。参列の殿下ご夫妻はこちらに」

皇宮の家令があらわれ、一礼する。「それでは、のちほど」とエイベルは告げて、アンジェリカもにこやかに頭を下げた。

「……アンジェリカ姫」

出ていこうとする背中に、ミルドレッドの声がかかる。アンジェリカは足を止めて肩越しに振り返った。

「最初は、野卑な野育ちの姫かと思っていたけれど。こんなふうに皇国と……わたくしを変えてくださるとは想像もしなかったわ。深く、感謝していてよ」

「光栄なお言葉、痛み入りますですわ、陛下」

澄ました顔でドレスの裾を持ち上げて会釈するアンジェリカに、ミルドレッドは

「本気よ」と優美にほほ笑んでから、真摯な声音でいった。

「これからも力になっていただけるかしら。皇太子妃で、かつ、初の外務大臣という役職も可能かどうか、法典を参照してみることにするわ」

ふたりは控えの間を退出し、大きな窓のつづく廊下を歩む。

金色の装飾が天井から床までほどこされた皇宮の廊下は、明るい陽の光に輝いて、目も開けられないほどにきらびやかだった。

「……やっと、戴冠式を迎えられたわね」

「ああ、存外に長くかかった。もう晩秋だ」

　歩きながら、アンジェリカとエイベルは言葉をかわす。ふたりは光射す窓のひとつに立ち止まり、ともに外の景色を見下ろす。

　秋の陽に照らされて、皇宮を囲む木々は色づいていた。あでやかな錦の布のようで、それは金の装飾よりもずっと美しく、心落ち着く眺めだった。

　その光景を見つめながら、アンジェリカはここまでの日々を思い返す。


　ミルドレッドが主導し、エイベルとアンジェリカの協力によって、前皇后についての調査が行われた。

　クインシー男爵を抜擢した皇后は、そこからイリヤとつながったらしい。

　グラソンベルグでの革命後の行く先を模索していたイリヤは、貿易で各国を回っていた男爵との知己を得たことから皇国に目をつけた。皇国内の労働者の不満に目をつけ、一年以上前から少しずつ協力者を集めていったらしい。

　そんな彼を前皇后は利用しようとした。よそ者で、〝革命家〟という華々しい肩書。自分の目論見（もくろみ）からひとびとの目をそらすには、うってつけだ。

　さまざまな証拠から、前皇后は自分が摂政となったあと、イリヤが主導した暴動を鎮めるつもりだったとわかった。

自分が権力を握れば、すべてが正しく行われるのだと示すために。

……だが、前皇帝・ホラス五世がエイベルに語った〝不貞〟の確たる証拠は、見つからなかった。死に瀕したホラス五世の妄言だった可能性が高い。

そんな前皇后の企みに重要な役割を果たしたクインシー男爵だが、ミルドレッドの調査により外国資本との不正取引が発覚。皇国の利益を損なったとして、裁判にかけられている。財産没収のうえ、国外追放の罪を負う見込みだ。

そして——。

皇子宮から立ち去ったイリヤの行方は、ようとして知れなかった。

今日という日までは。


「……ねえ、エイベル」

黄金の秋を眺めながら、アンジェリカは口を開く。

「あなたのお父さまと、前皇后。もっと……理解し合えた道はなかったのかな」

その先の言葉は声に出せずに呑み込んだ。

いまさらこんなことをいっても仕方がない。すべては終わった話だ。

「そうだな。せめて手をたずさえて政務に励んでいれば、少しは」

窓枠に置いたアンジェリカの手に、エイベルがそっと手を重ねる。

政略によって結婚を強いられた、前皇帝と前皇后。

前皇帝は、王侯貴族の勢力争いに翻弄されて愛するエイベルの母と遠ざけられ、あげくに彼女の命を奪った。前皇后は、自分を顧みない夫に深く傷つけられた。

彼らのあいだには腹を割った語らいはなく、疑心暗鬼と憎しみばかりが積み重なっていたはずだ。前皇帝が不貞を疑ったのも、前皇后が権力欲に取り憑かれたのも、お互いへの憎悪のためだろう。

アンジェリカとエイベルも政略結婚だ。一歩間違ったなら、彼らのようになっていた可能性は否定できない。

心の通じ合わない相手を遠ざけ、お互いを理解するために対話をこころみることもせず、憎しみを積もらせて冷たい日々を送っていたかもしれない……。

そう思うと、アンジェリカは恐ろしさに身震いする心地になる。

(……温かい)

ふと、アンジェリカは目を見開く。

窓から入る秋の冷たい空気に、自分の手に重なるエイベルの手のぬくもりを感じたのだ。アンジェリカは手を返し、彼の手をそっと握り返す。

見上げれば、エイベルが優しいまなざしで見下ろしてくる。

彼の手を心をこめて握りしめ、彼のまなざしを見つめながら、アンジェリカは自分にいい聞かせる。

この温かさを忘れてはいけない。

〝愛情〟の名に甘んじてはいけない。

手をつなぎ合える喜びと幸せを、当たり前と思ってはいけないのだ。当たり前と思えば、心を通じ合わせるのがきっとおろそかになる。

語らい合おう。飽かずに、たゆまず、対話をしつづけよう。

エイベルとなら、きっと手をたずさえて歩んでいけるはずだから——。


「申し訳ございません。そろそろ、お時間でございます」

少し離れた場で控えていた家令が、気を揉む様子で声をかける。

ふたりは小さく笑いをかわし、腕を組んで歩きだす。

「そういえば、今朝方、お祖父ちゃ……祖父から届いた手紙のことだけど」

歩みながら、アンジェリカはエイベルに小声で話す。

「ああ、あの男——イリヤが、ノルグレンで怪しい動きを始めた件だな」

エイベルの返事に、きゅ、とアンジェリカは口紅を塗った唇を噛む。

アンジェリカの祖父は、ノルグレンの女王の監視から逃れるため国外に身を隠していたが、イリヤの件を聞いて国に戻ると手紙で伝えてきたのだ。

戴冠式の準備で慌ただしく、ふたりはまだその件について深く話し合えてはいない。かろうじて情報の共有を済ませただけだ。

「祖父君の身が心配だ」

エイベルの言葉に、アンジェリカは目を伏せてうなずく。

「そうね。皇国でも暴動を起こされたけど、去り際のイリヤの様子からだと、もっと激しく、多くの血が流れるものになるかもしれない。それが、わたしは……」

アンジェリカのまなざしに深い憂いの色がよぎる。

祖父が帰郷すれば、確実にイリヤが起こす騒乱に巻き込まれる。いや、積極的にかかわっていこうとするに違いない。

国外までは追わなかったノルグレンの女王も、この機に祖父とイリヤをまとめて排除しにかかる可能性が大だ。

だが、アンジェリカは国外に嫁いだ身だ。故国の危機に駆けつけることはできない。祖父の身に危険が及ぼうというのに、そばにいることもできない……。

うつむいて想いに沈んでいると、エイベルがアンジェリカの手に自分の手を重ね、励ますように握りしめた。

「君がいずれ大臣に就くにせよ、ミルドレッドがいつか退位して僕が即位するにせよ、まだまだ時間はあるはずだ。皇太子夫妻はしばらく休暇を取ってもいいだろう」

「え……」

驚きに目を開き、アンジェリカは見上げる。エイベルは静かに言葉を継いだ。

「君の憂いをのぞくために、身分を隠した静養が必要ではないかと思う」

アンジェリカは大きく目を見開く。いま耳に聞こえた言葉を咀嚼(そしゃく)するように幾度かまばたく。かと思うと、ふいに破顔した。

「そう、そうね。それ、とってもいいわね！」

喜びに満ちた声がアンジェリカの唇をついて出る。ふふ、ふ、と楽しそうな笑いが抑えても抑えても込み上げる。

「謎の夫婦活動家による国家内乱の阻止というのも、面白そう！」

楽しげなアンジェリカをエイベルは嬉しそうに見つめる。

「今日の戴冠パレードが無事に終わったら、その……」

つと、頬を赤くしてエイベルはアンジェリカの耳元に身を寄せる。

「君に、口付けを返したいのだが」

といって、すぐさま身を離す。え、とアンジェリカが見上げると、前を向くエイベルの耳が真っ赤に染まっていた。

思わずアンジェリカも頬を赤くするが、ふといたずらっぽい笑みを浮かべた。

「そうですわね、式が終わったら……なんていわずに」

ふいにアンジェリカはエイベルの腕を引いて素早く身を返し、手近な部屋へ飛び込む。案内で先に立っていた家令がけげんそうに振り返った。

「⁉　エイベル殿下？　アンジェリカ妃殿下⁉　どちらに！」

あわてる家令の声が閉まった扉の向こうから聞こえる。

呆気に取られるエイベルを振り返り、アンジェリカは人差し指を口に当てて「しーっ」とささやくと、にんまりとほほ笑んだ。

「どうせなら、ここで予行練習をしてくださってもよろしくってですわよ」

エイベルは意表をつかれてか大きく目を開いて見つめていたが、ついには困ったひとだというように首を振った。

「本当に君は……呆れたひとだな」

「どうせ野育ちで礼儀をわきまえない姫でございますもの」

ふたりはそろって大きく笑い合い、それからお互いを愛おしく見つめ合う。

エイベルの腕がアンジェリカの腰を抱き寄せる。

礼装の長い手袋をはめたアンジェリカの手がエイベルの首に回される。

ふたりの顔がゆっくりと近づく。

そして——ぎこちなくも優しく、やわらかく、唇が重なった。

外からは遠く、昼花火の音とひとびとの歓声とが響いてくる。

それは新しい時代の幕開けのしるしであり、固くひとつに結びついたふたりへの祝福の喝采でもあった。

謝辞

二巻発売と同時にコミカライズ発表ということで、あとがきに代えて謝辞を。

一巻・二巻と、多くの方々の目を惹く魅力あふれる繊細美の表紙を手掛けてくださった、宵マチ先生。

躍動感に満ち、はっとするほど生き生きとした愛らしいキャラたちを描いてくださる、コミカライズ担当の夏衣ごろ先生。

執筆に悩むとき、指針や励ましをくださる心強い担当編集さま。

ＫＡＤＯＫＡＷＡの関係者のみなさま。応援してくれる家族や身内のみなさま。

丁寧なお手紙や感想をくださる読者の方々。なかなかお返事を書けずに申し訳ないです。先の見えない執筆のさなかの、心折れそうなときの支えです。

本当に、本当に、ありがとうございます。

そして、本を手に取ってくださったみなさまに心からの感謝を！　楽しんでいただけたなら、それが、わたしにとってなによりの喜びです。

<初出>

本書は書き下ろしです。

この物語はフィクションです。実在の人物・団体等とは一切関係ありません。

メディアワークス文庫

薔薇姫と氷皇子の波乱なる結婚2

マサト真希

2024年6月25日　初版発行

発行者　山下直久
発行　株式会社KADOKAWA
〒102-8177　東京都千代田区富士見2-13-3
0570-002-301（ナビダイヤル）
装丁者　渡辺宏一（有限会社ニイナナニイゴオ）
印刷　株式会社暁印刷
製本　株式会社暁印刷

●お問い合わせ
https://www.kadokawa.co.jp/（「お問い合わせ」へお進みください）
※内容によっては、お答えできない場合があります。
※サポートは日本国内のみとさせていただきます。
※Japanese text only

※定価はカバーに表示してあります。

Printed in Japan
ISBN978-4-04-915737-6 C0193

メディアワークス文庫　https://mwbunko.com/

本書に対するご意見、ご感想をお寄せください。

あて先
〒102-8177　東京都千代田区富士見2-13-3
メディアワークス文庫編集部
「マサト真希先生」係

百鬼夜行とご縁組
～あやかしホテルの契約夫婦～

マサト真希

**仕事女子×大妖怪の
おもてなし奮闘記。**

「このホテルを守るため、僕と結婚してくれませんか」

結婚願望0%、仕事一筋の花籠あやね27歳。上司とのいざこざから、まさかの無職となったあやねを待っていたのは、なんと眉目秀麗な超一流ホテルの御曹司・太白からの“契約結婚”申し込みだった!

しかも彼の正体は、仙台の地を治める大妖怪!? 次々に訪れる妖怪客たちを、あやねは太白と力を合わせて無事おもてなしできるのか――!?

杜の都・仙台で巻き起こる、契約夫婦のホテル奮闘記!

メディアワークス文庫

“――彼は、あの日の姿のままで現れた”。
アラサー女子・香実の会社にやってきた新人は、
幼いときの、初恋の青年に瓜二つ⁉
何者なのかもわからないまま、
香実は思い出にある通りの、優しい彼に惹かれていくが……
これはきっと、永遠に続く恋
永遠の庭で、終わらない恋をする
マサト真希
イラスト／鳥羽 雨

冴えない王女の格差婚事情1

戸野由希

既刊2冊発売中!

地味姫の政略結婚の相手は、大国の美しく聡明な王太子。でも彼の本性は!?

大国カザックの美しく聡明な王太子フェルドリックから小国ハイドランドに舞い込んだ突然の縁談。それは美貌の姉姫ではなく、政務に長けた地味な妹姫ソフィーナへの話だった。甘いプロポーズに喜ぶソフィーナだが、「着飾らせる必要もない都合がよい姫だ」と話す王太子と鉢合わせてしまう。幼い頃から密かに想いを寄せていた王太子の正体は、計算高く意地悪な猫かぶり！

そうして最悪な始まりで迎えた政略結婚生活。だけど、王太子にもソフィーナへの隠された特別な想いがあって!?

メディアワークス文庫